Karin Brose

Irgendwas ist immer

Auf den Punkt gebracht –
Gedanken zum Leben

Karin Brose

Irgendwas ist immer

Impressum

Produktion Karin Brose, Hamburg 2023

Fotografien Karin Brose

Herstellung und Verlag: BoD – Books on Demand,
Norderstedt
ISBN: 9783756891016

Diese kleine Sammlung meiner Gedanken widme ich H.F., der immer wieder meine Hausarbeit übernimmt und mich schreiben lässt. Dafür darf er mich gern „Karla Kolumna" nennen.

Winterblues

I Gitt! Schau mal aus dem Fenster! Es nieselt schon seit Tagen. Hamburger Schmuddelwetter am Stück, sozusagen. Dazu ein frecher Wind, der einem die feuchte Brise ins Gesicht haut. Man möchte eine Grubenlaterne mitnehmen, wenn es einen wirklich hinauszwingt, denn der Himmel ist den ganzen Tag dunkel-gelb-grau, nach 14:30 fast anthrazit. Dieses Wetter geht mir so richtig auf die Nerven. Früher, wenn mein Mann über seinen Winterblues klagte, habe ich immer dagegen gesteuert, nach dem Motto – ach, das ist doch nicht schlimm! Jahreszeiten müssen sein, denn sonst wüssten wir die Schönen gar nicht zu schätzen.– Mein Mann wand sich immer wie ein Aal – ja, aber das dauert 5 Monate! – Ich wollte nie in der Karibik leben, ich wollte nie im sonnigen Süden

Europas wohnen, denn ich bin ein Frühlingsfan. Dort, wo es immer sonnig ist, gibt es meinen Frühling nicht. Daher mein Unverständnis für die Wetter-Vorlieben meines Angetrauten. – Jetzt versteh ich ihn! Ich bin jetzt so was von auf seiner Seite. Liegt das an den Begleitumständen? Sind Corona & Co Schuld? Die dunkle Mütze rutscht einem schon beim Lesen der Morgenzeitung über die Stirn. Nach dem Frühstück hat sie die Augenbrauen erreicht und gegen 11 Uhr hat das Ding den Rest über die Augen geschafft. Ab 11:01 Uhr ist es zappendunkel in meiner Stimmung. Obwohl ich nichts unversucht lasse, dagegen anzugehen. Ich setze mich auf den Heimtrainer und radle 45 Minuten, während ich mir eine Folge meiner Lieblingsserie im Stream ansehe. Danach bin ich kaputt, aber nicht zufrieden, wie sonst. Ich esse reichlich Schokolade, die enthält Serotonin, das macht lustig. Bei mir wirkt sie nicht. Ich putze meine Wohnung, rackere mich so richtig ab. Fehlanzeige. Ich versuche es mit Kerzenschein und einem schönen Buch. Ich lese normalerweise gern, aber um 12 Uhr mittags ist das nicht meins. Ich versuche mir durch das Erwerben schöner Dinge aus dem Internet Freude zu machen. Diese Ersatzbefriedigung ist auch eine Sackgasse und ich schicke das meiste zurück, weil ich es nicht brauche. Ich glaube fest daran, dass dieser Durchhänger mit der Beherrschung der Pandemie ein Ende haben wird. Wenn auch die Aktien wieder steigen – die machen nämlich auch grad schlapp, dass es einen gruseln könnte – wenn wir wieder un-vermummt auf die Straße gehen und Freunde treffen dürfen, wenn wir wieder reisen und ungebremst drinnen wie draußen Sport treiben können, dann können wir auch das Hamburger Schmuddelwetter ertragen. – Ist ja nur von kurzer Dauer! Die Tage werden schon wieder länger. – Was meint der Kanzler eigentlich mit „Zeitenwende"? – Kann mir bitte mal einer was Nettes sagen?

Der Wille ist da, aber..

Gute Vorsätze haben ihren Auftritt gern zum Jahreswechsel oder nach einschneidenden Ereignissen. Solche wollen wir hier nicht auflisten, gibt es der Möglichkeiten doch einfach zu viele. Aber als Fazit zum abgelaufenen Jahr Änderungen in seinem Leben anzudenken, das ist bei vielen Menschen mehr als üblich. Was haben Sie sich vorgenommen für dieses neue Jahr? – Meine Freundin ist ein wenig klein für ihr Gewicht. Das ist nicht neu. Genau genommen kenne ich sie gar nicht anders. Und das werden nun schon 30 Jahre. Sie ist ein rechtes Pummelchen, aber eine quietschfidele, meist gut gelaunte Person. Ein echter Sonnenschein, sozusagen. Seit Silvester ist sie wieder alleinstehend, nicht zum ersten Mal. Jedes Mal aber, so auch jetzt, macht sie den Bruch ihrer Beziehungen an ihrem Übergewicht fest. >

Der fand mich bestimmt nur zu fett.< Deshalb steht ihr Vorsatz, nun endlich abzunehmen, nicht zum ersten Mal fest. Ich glaube allerdings, es hatte andere, echte Gründe. – Mein persönliches Problem sind nicht überzählige Pfunde. Ich nehme zu viel Schokolade zu mir. Gesünderes Essen, das würde mir guttun. Da bin ich sicher. Deshalb habe ich mir nun eine Anleitung für vitaminreiche, richtig gute Ernährung gekauft. Ich bin fest entschlossen, die Schokolade in ihre Schranken zu weisen. – Das wird schwer, zumal ich von der zarten Vollmilch immer reichlich im Hause habe..

Unser Freund ist ein echter Sesselpupser. Bewegung ist nicht gerade sein Hobby. Leider gefällt das seinem Körper und auch seinem Arzt nicht mehr. Seine Werte sind erschreckend, was ihn jetzt doch über eine tiefgreifende Änderung seiner Tagesabläufe nachgrübeln lässt. Er denkt über eine Mitgliedschaft im Fitness-Center nach, während der Arzt eher zu Ausdauersport rät, wie Walken oder Fahrradfahren. Da wird es wohl noch ein klärendes Gespräch brauchen. – Meine Tante hat wieder Ärger mit ihrer Nachbarin, die in ihren

Augen eine echte Herausforderung ist. Schon lange hat sie sich vorgenommen, deren zickige Art nicht mehr so persönlich zu nehmen. Allein das umzusetzen fällt ihr schwer. Sie ist überhaupt nicht locker und mit Kritik kann sie schlecht umgehen. So hat sie sich zu einer Therapie angemeldet, die ihr dabei helfen soll, die Dinge gelassener zu nehmen. – Vorsätze können unterschiedlicher nicht sein. Fast immer resultieren sie aber aus einem Leidensdruck. Etwas soll besser oder anders werden. Und man hat den festen Vorsatz, die Veränderung durchzuführen. Wenn es dieses Mal noch nicht klappt – nehmen Sie es gelassen. Das Jahr ist schnell rum. Dann können wir es ja erneut versuchen. – Bei Ihnen hat es funktioniert? Sie haben Ihre guten Vorsätze in die Tat umgesetzt? – Meine Bewunderung ist Ihnen gewiss!

Die Tante guckt schon ganz böse

Zwei junge Mütter schieben leere Kinderkarren durch den Laden. Die, die da eigentlich drin sein sollten, laufen irgendwo herum und erkunden, was es hier so alles gibt. In ihr Gespräch und die ständige Überwachung ihres Handys vertieft, kümmern sich die Frauen nicht um ihren Nachwuchs. Eine Verkäuferin ahnt aus Erfahrung, dass das nicht gutgehen kann. Sie folgt den ca. zwei Jahre alten Burschen, die jetzt dabei sind, das Bord mit der Babynahrung zu inspizieren. Einer krabbelt gerade hinein, der andere angelt sich ein Glas – es ist Spinat mit Reis– und rennt mit seiner Beute davon. Nun greift die Verkäuferin ein. Sie nimmt dem kleinen Racker die Ware aus der Hand. Der fängt sofort an zu schreien. Sie spricht die Mutter an. „Würden Sie bitte achtgeben, dass das Kind hier nichts anfasst? So ein Glas kann leicht kaputt gehen. Das kostet nicht nur Geld, das macht auch Arbeit, denn wir müssen das Malheur wieder beheben." Die junge Mutter nimmt ihr Kind „siehst du, Steven, die Tante ist ganz böse. Du sollst nicht mit dem Gläschen spielen." Dann flüstert sie ihrer Begleiterin etwas ins Ohr. Unterdessen ist Steven bei den Süßigkeiten und probiert, wie die Packung mit Keksen wohl aufgeht. Der jungen Mutter geht das hinten vorbei, denn gerade klingelt ihr Handy. Eine ältere Kundin geht nun auf die Verkäuferin zu „Haben Sie keine gelben Bohnen?" Die Angestellte dreht sich um. Sie setzt ein strahlendes Lächeln auf „Ihnen auch einen guten Morgen! Wir haben eine Auswahl im ersten Gang. Wenn Sie dort bitte schauen wollen?" Die Kundin zieht wortlos ab. Schon naht ein Herr mittleren Alters „Wo ist hier der fettarme Joghurt?" Die Verkäuferin – wie schafft sie das nur? – nun mit ernstem, leicht vorwurfsvollen Gesicht: „Guten Morgen! ..." „Oh", sagt der Mann, „das war nicht gut – ich geh raus und komme noch mal wieder rein. Wir geben uns ne zweite Chance, ja?". Und tatsächlich kommt er ein zweites Mal, jetzt mit einem freundlichen „entschuldigen Sie bitte, wo finde ich denn fettarmen Joghurt?" Die Verkäuferin lächelt. So etwas hat sie selten. Immer öfter sind Kunden unfreundlich, behandeln das Service-Personal von oben herab oder respektlos. Der schlechte Ton hat in den letzten Jahren deutlich zugenommen. Das Laissez-Faire in der Erziehung leider auch. Manche junge Mütter kümmern sich nicht um die Vermittlung von Regeln. Sie schauen zu, was ihre Kinder tun, aber sie leiten sie nicht an, wie man sich richtig verhält. Eine Verkäuferin ist nicht die Sklavin des Kunden. Sie ist die, die dafür sorgt, dass dieser bekommt, was er möchte. Wir sollten uns bewusst sein, dass Berufe im Servicebereich, wie der des Einzelhandelskaufmannes oder der Einzelhandelskauffrau sehr anstrengend sind, dazu bei recht mäßiger Bezahlung familienunfreundliche Arbeitszeiten haben, damit wir Kunden um 23 Uhr noch ein Glas Gurken kaufen können. Uns sollte auch klar sein, dass Kinder lernen müssen, wie man sich richtig und womöglich respektvoll benimmt, um in der

Gesellschaft zurechtzukommen. Achtung und Wertschätzung dürfen gerade in schweren Zeiten, wie jetzt, nicht verlorengehen. Und nicht nur beim Einkaufen oder weil die Tante sonst böse guckt.

Von wo ich auch gucken tu,..

Schatz, hast du deine Tabletten genommen? – Ja, natürlich. Ich hab doch hier meine Wochenschachtel. Damit er seine Medikamente nicht vergisst, bestückt er jeden Sonntag die sieben Fächer. Noch gar nicht lange her und wir haben uns über solche Schachteln lustig gemacht, haben die belächelt, die morgens ihre Pillen vergleichen. Jetzt gehören wir selbst dazu. Verdammt praktisch, diese Kästchen. Im Laufe der Jahre erfahren wir Veränderungen. Nicht alle sind in unserem Sinne. Älterwerden ist nichts für Feige, sagt man. Und nichts wird besser, nur vieles anders. Haben Sie sich mit 40 Sorgen über das Alter gemacht? Näh! Auch mit 50 nicht? Das ändert sich. Mit über 70 kommen einem schon mal Gedanken. Kleine oder auch größere gesundheitliche Einschläge fordern unsere

Aufmerksamkeit. Freunde erkranken. Wir begleiten sie. Bei manchen spielt das Herz verrückt, andere wollen von ihren Hüften nicht mehr getragen werden. Sportler brauchen ein neues Kniegelenk oder müssen einfach kürzer treten. Nicht immer fällt das leicht. Was man immer konnte wird plötzlich unmöglich. Von jetzt auf gleich stellst du fest, dass es nicht mehr geht. Du wehrst dich, willst das nicht wahrhaben, um dann doch klein beigeben zu müssen. Wie auch anders? Den Jüngeren unter den Lesern rate ich, zu Ende zu lesen, auch wenn sie glauben, das hier sei nicht ihr Thema. Manchmal ist es das schneller, als man denkt, wenn dann gilt: Von wo ich auch gucken tu, von rechts oder von links, die Lage ist einfach beschissen. – Es gehört offenbar zum Erwachsenen-Leben, zu begreifen, dass es Flexibilität und Anpassungswillen braucht, vielleicht auch das Wissen, dass es so was wie Schicksal gibt. Das bedeutet nicht, dass es nicht weh tut, wenn man plötzlich erkennt, dass etwas, das man sehr gemocht hat, unwiederbringlich vorbei ist. Wie schafft man das? Indem man der

Phase der Niedergeschlagenheit den Raum gibt, die sie braucht, um den Verlust zu verarbeiten. Indem man dann aber nach Alternativen und Lösungen sucht. Am besten geht man offen mit dem Problem um. Nicht selten ergibt sich dadurch ein Weg, weil andere, nicht beteiligte Menschen mit dem nötigen Abstand Alternativen sehen und aufzeigen können. Allein durch das Altern unseres Körpers, ergibt sich eine natürliche Leistungsminderung. Wir sind nicht mehr so schnell, wir sind nicht mehr so beweglich. Zum Glück leben die meisten von uns nicht in der Wildnis, wo unser Überleben von beidem abhinge. Wir sollten uns bewusst sein, dass wir nichts mehr müssen müssen, aber noch vieles wollen dürfen. Es gibt sehr oft noch eine Alternative zu dem, was uns durch Krankheit oder Alter verwehrt wird. Wir müssen aber offen sein und sie auch sehen wollen. Diesen relativ kleinen Abschnitt zwischen Geburt und Tod, der unser Leben ist, sollten wir mit Freude genießen und uns nicht durch Frust und Zorn verderben. Seien wir uns bewusst, dass jeder, aber wirklich jeder Mensch einen Rucksack mit seinen ganz individuellen Problemen und Sorgen durch sein Leben schleppt. Den nimmt ihm keiner ab. – Wir können einander aber gegenseitig ein bisschen tragen helfen.

Auf den Hund gekommen

Die Mimi hat sich einen Hund aus dem Spanien-Urlaub mitgebracht. Der Dingo-Pudel-Mischling, einer von zahllosen Streunern tat ihr so Leid. Ein interessantes Tier und sehr dankbar. Die Frage, warum sie nicht aus einem regionalen Tierheim einen Hund erlöst, schenkst du dir. Tante Lisa hat einen Chihuahua. Den verpimpelt sie nach Strich und Faden. Das kleine Vieh frisst nur Beefsteakhack und dieses sauteure Katzenfutter aus den kleinen Dosen. Sie nimmt den Winzling überall hin mit. Weil er auf der Straße schnell unter die Füße gerät, packt sie ihn einfach in ihre Handtasche. Näh, so was ist für mich kein Hund, denkst du. Ein Hund beginnt bei 80 cm Schulterhöhe. So einer wie die Doberfrau meines Nachbarn. Ein wunderschönes Tier. kräftig,

Muskeln durch und durch. Wenn es ihr in den Kopf kommt, z.B. bei Erscheinen einer Katze, zieht sie allerdings derart an der Leine, dass der am anderen Ende abhebt und waagerecht hinterher fliegt. Der Wolfshund eines Freundes ist dessen großer Liebling. Wann immer sein Herrchen auf dem Sofa sitzt, springt er auf ihn drauf, denn er hält sich für ein Schoßhündchen. Herrchen ist dann weg vom Geschehen, man sieht nur seine Hand das graue struppige Fell kraulen und irgendwie nuschelt es von tief unten aus dem Riesenhaufen Hund „Ischernichsüß?" Kaputtlachen kann sich auch Bernd jedes Mal, wenn sein Akita einem am Tisch sitzenden Skatbruder von hinten in den Allerwertesten zwickt. „Er will nur spielen!" erklärt er gern, aber jeder merkt schnell, dass das Vieh höllisch eifersüchtig ist und seine Fänge auch in dickem Jeansstoff in Sekundenschnelle Spuren hinterlassen. Spuren, das Stichwort für meine Freundin Bea! Sie braucht jeden Monat einen Eimer Wandfarbe, denn wenn der Joe, ihr Hovawart, sich hinlegt, rutscht er gern an der Wand herunter, damit er auch ganz dicht dran zu liegen kommt. Das Fell eines solchen Tieres ist recht fettig und nie ganz sauber. Will heißen, die Mitbringsel des letzten Waldlaufes verteilen sich an der Tapete. Leider sieht das nicht aus, wie Kunst. Aber was soll die Bea machen? Er ist so ein lieber Kerl, der Joe. Die Gründe, warum sich wer für welchen Hund entscheidet, könnten vielfältiger nicht sein. Die Folgen dieser Entscheidung sind zu Beginn meist nicht absehbar. Und dann ist er da, der kleine Racker. – Näh. Ich liebe ja Hunde auch, aber als WG-Partner bevorzuge ich dann doch Katzen. Die führen ihr Eigenleben, interessieren sich nicht für das Hinterteil eines Dosenöffners und klettern nur dann an dessen Beinen empor, wenn sie spielen wollen und ihn als Baum bestimmt haben. Katzen sind immer sauber – außer, wenn sie sich mal wieder ins Fell gekackt haben, ihnen Erbrochenes im Lätzchen klebt, oder so. – Aber: Ohne Haustier ist ein Haus doch irgendwie kein Haus, was meinen Sie?

Die schönste aller Blumen und das Frauen-Gen

„Schatz, ich bin mal kurz in der Gärtnerei", ruft sie ihm zu und schon rollt das Auto vom Hof. „Ach, du lieber Himmel..", denkt er. Diese kleinen Ausflüge in Gartenmärkte und Gärtnereien kennt er schon. Hier kann sich seine Liebste tagelang aufhalten. Er will nicht rumtreiben sagen, aber irgendwie passt das. Wenn es beim Rumtreiben bliebe, sollte es ihm eigentlich egal sein, aber diese Ausflüge enden in der Regel genau wie die Besuche von Schuhgeschäften. Seine Frau kann nicht genug bekommen von Pflanzen wie Schuhen gleichermaßen. Ob es dafür eines besonderen Gens bedarf oder ob es vielleicht einen Namen für diese Sucht gibt? „Schuhsucht" ist überwiegend weiblich. Frauen definieren sich durch ihre Schuhe. Sie tragen sie nicht nur, damit sie ihre Füße vor Schmutz und Verletzungen schonen, ganz im

Gegenteil. Wenn Frau vor einem Paar High-Heels mit 12 cm hohen Absätzen dahinschmilzt – bezaubernd diese Proportionen! – weiß sie, dass sie Rückenschmerzen riskiert, wie jeder Junky die Gefahren und Folgen seiner Sucht kennt.

Manche Frauen gehen ja soweit, dass sie ihren Lieblingspumps ins Bücherregal stellen, wie eine Skulptur, vor der sie verzaubert dreimal am Tag stehen bleiben. Genauso versonnen wie vor ihrem Schuh – boah, ein Traum! – steht sie vor einem Pflanzkübel voller Bayrischer Geranien. Die Blütenpracht nimmt ihr den Atem und berauscht. Deshalb bleibt es auch nicht bei dem einen. Schon im Frühjahr müssen die ersten Hornveilchen dicht gedrängt in Kübel. Sie mag nur gewisse Farben, bloß nicht bunt, bloß nicht verschieden! Eine Sorte pro Pflanzgefäß, dafür aber ganz viele, so hat sie es gern. Das ist bei den Schuhen ganz anders. Viele Sorten, viele Farben. Sogar rot-gelb-grün und blau an einer Ballerina findet sie entzückend. Beim Sport bewundern Mitspielerinnen ihre ungewöhnlichen Sneakers, seien sie nun lachsrot oder metallic grün, jedenfalls anders als

Sportschuhe im Allgemeinen. – Was ist es also, das Frau so süchtig macht, nach Schuhen und Pflanzen? Ich vermute, die Schuhsammlung gehört zum Fundus der Frauen, die sich täglich neu erfinden, für die das Leben eine Bühne ist, wo nur die Rollen der Mitspieler variieren. Pflanzen in berauschend duftender Menge zeugen von Aufbruch zu Neuem, von Fülle und Genuss. Vielleicht ist es nicht nur eine Sucht. Mag sein, es ist doch ein besonderes Frauen-Gen für Sinnlichkeit und Lebenslust. – Als sie von ihrem Besuch in der Gärtnerei zurückkommt, ist das Auto voll beladen mit Grünem und Blühendem. Einige Wedel winken zum Schiebedach heraus.

Er lächelt hingerissen, als er der liebsten und schönsten aller Blumen das Tor aufschiebt. – Wann öffnen heute die Schuhgeschäfte?

Tränen lügen nicht

Er schnieft schon bei der Sprachauswahl. – Hast du mal ein Taschentuch? – In Vorfreude auf den Film kommen ihm schon vor Rührung die Tränen. „Klang des Herzens", jedes Jahr wieder und immer die gleiche Wirkung. Im Laufe des Filmes – ein Waisenkind sucht mit Hilfe der Musik seine Eltern – packt es auch mich. Und wenn die Eltern dann ihr Kind erkennen, dann sitzen wir beiden Alten vor unserem Bildschirm und schluchzen vor Mitgefühl und der Taschentuchberg zwischen uns wächst fast auf die Höhe der Zugspitze. – Was uns zu Tränen rührt, ist individuell sehr verschieden und nicht wirklich definierbar. Es scheint abhängig von unserer eigenen Erlebniswelt zu sein, die bei Männern und Frauen logischer Weise recht unterschiedlich ausfällt. Eine Freundin weint regelmäßig bei „Pretty Woman". Wenn die ehemalige Prostituierte doch ihren Traumprinzen bekommt, zeigt das Wirkung. Ich kann mich bei gewissen Liedern, vor allem, wenn sie von großen Gruppen gesungen werden, nicht bremsen. Ich heule wie die Niagara Fälle, wenn im Stadion von Liverpool FC 50000 Fans „You never walk alone" singen. Ich weine auch, wenn ich bestimmte Lieder selbst singe. Erklären kann ich mir ebenfalls nicht, warum das Hupkonzert von Autos in einem Hochzeitscorso mich regelmäßig zu Tränen rührt. – Menschen weinen, Tiere nicht. Offenbar hat dieses Phänomen mit unserer Fähigkeit zu reflektieren und mit-zu-fühlen zu tun. Menschen stellen Zusammenhänge her zwischen Ereignissen, Tönen, Aktionen und Reaktionen anderer und ihrer eigenen. Sie erleben Schlüsselreize, die Emotionen bei ihnen auslösen, die an eigene Erfahrungen andocken und nicht immer erkennen und verstehen sie, warum das so ist. Fest steht, dass Tränen nicht zwangsläufig Trauer bedeuten. Sie können auch vor Freude über etwas fließen. Es kann aber auch sein, dass wir bei einem großen Verlust erst einmal keine Tränen haben. Das hat nichts mit Gefühlskälte zu tun und doch fühlt es sich ein bisschen so an, als wären die Tränen in einem festgefroren oder so, als sei das Tränengefäß ganz leer. Fließen können sie manchmal erst sehr viel später und dann ist es wie eine Erlösung.. Dann nehmen sie unseren ganzen Schmerz mit.– Eines weiß ich. Wenn ich mit einem Menschen lachen kann, ist das gut. Fast noch besser und entschieden verbindender aber ist es, wenn wir auch zusammen weinen können. –

Ich glaube, heute sehe ich mir mit meinem Liebsten zum 11. Mal „Tatsächlich Liebe" an..........Taschentücher haben wir reichlich im Haus.

Kampf den freien Radikalen

Schatz, hast du deine Jod S11 Körnchen heute schon genommen? – Er veralbert sie gern wegen der Nahrungsergänzungsmittel, denen sie ihre Gesundheit angeblich verdankt. – Ich koche dir ne Suppe draus, schlägt sie zurück, aber nur, wenn dir unser Kanarienvogel von seinen welche abgibt! Erwiesen ist wohl, dass ein Mensch, der sich normal ernährt, auf die Zufuhr synthetischer Vitamine und Mineralstoffe verzichten kann. Zuweilen scheinen diese laut Presse sogar zu schaden. Dennoch schwören viele auf ihren täglichen Vitamincocktail oder die Spurenelemente, die sie sich durch Säfte, Kapseln, Presslinge und Pillen zuführen. Methylsulfonylmethan, NADH (NinAmid–Dinucleotid–Hydrogen Coenzym 1), ..., wahrscheinlich kann jeder Leser eine Liste dieser

Wunderhelfer um mindestens drei ergänzen. Auf jeden Fall der, der Fernsehwerbung sieht. Demjenigen, der davon so viel isst, bis er satt ist, ist nicht zu helfen. Wer aber eine ausgewogene Ernährung hat und die ergänzt, kann wenig falsch machen. Außerdem ist der Placebo-Effekt dieser kleinen Helfer nicht zu verkennen. Wenn ich ganz doll daran glaube, dass Traubenkernextrakt meine freien Radikalen erledigt, dann macht der das auch. Vitamine stärken die Immunkräfte, das ist bekannt. Wenn einer eine Obstallergie hat, kann er selbstverständlich Vitamin C Ersatz einwerfen. Die Hoffnungen, die wir in Pillen setzen, resultieren aus unseren ganz persönlichen Defiziten oder Problemen. Hat einer dünnes Haar oder gar Haarausfall, brechen die Fingernägel weg, ist er leicht zu überzeugen, etwas dagegen einzunehmen, das Abhilfe verspricht. Und manchmal ist die Wirkung sogar wirklich zu sehen! Ich denke an dieses Serum aus der Forschung, das neue und längere Wimpern wachsen lässt. Da kann man beim Wachsen fast zugucken! Trotzdem nervt die Werbung für all diese Wundermittelchen zu bestimmten Tageszeiten. Ich möchte nicht den bindegewebsschwachen Rücken eines alten Mannes sehen, der, auch in ein Thermopflaster eingepackt, nicht attraktiver wird. Ich möchte auch nicht der jungen Frau zusehen, die auf der Toilette sitzt und an einer Damenbinde herumnestelt, während sie in einer Sprache, die ich nicht kenne – die Synchronisation ist nämlich schlecht, erklärt, dass ihr Pipi darin zu Gelee wird. – Dass ich manipuliert werde, merke ich, als dieser super gut aussehende Mann mittleren Alters auf dem Bildschirm erscheint. Boah! Denke ich, der...und dann wirbt der für ein Mittel gegen nächtlichen Harndrang, das einer wie er bestimmt nicht braucht! – Verflixt, ich sollte doch dieses- wie hieß es doch gleich?– nehmen. Dann fiele mir der Name dafür jetzt bestimmt ein!- Ich will auch nicht glauben, dass der Opa sich nur mit dieser Schmerzsalbe einzureiben braucht, damit er seine müden Glieder wieder auf seine alte Schwalbe, dieses „Kult-Moped", schwingen kann. Sehr zur Freude seiner Enkelin natürlich, die nun gleich lernt, dass sie sich mit einer Tube „Schmerzfrei" einen Ausflug im Beiwagen mit Opa erwerben kann.

Haben Sie ein Alibi?

Hast du gestern diese Sendung um 22:45 Uhr gesehen, weißt du, die, wo sie so Familien in den USA zeigen? Boah, so primitive Leute – typisch Amerikaner. Wie – typisch? Na ja, so übergewichtige, schlecht angezogene People mit Cowboyhut. Die wohnen in Caravans auf dem Campingplatz, stell dir das mal vor! Und alles Trump-Fans! Die meisten hängen den ganzen Tag vor der Glotze. Jeder Zweite von denen hat ein Gewehr. – Du kennst die Sendung nicht, aber derartige Ballung von Vorurteilen und Klischee sind nicht so deins. Trotzdem liegt dir eine Frage am Herzen. „Dann guckst du doch bestimmt auch diese Formate, wo Übergewichtige sich mit ihren Kilos abquälen oder wo Minderbegabte sich für Stars halten und sich dafür von Promis runtermachen lassen? Klar! – Jetzt denkst du

„typisch". – Mein Freund Heinz sieht sich zum Beispiel gern das gelebte Elend von G-Promis im Dschungel an. Das geht ihm so richtig ans Herz, wie die sich gegenseitig fertigmachen, sagt er. Näh, denkst du, das ist nix für mich. Da lob ich mir die Serie, in der sie aus bekannten Zoos berichten. Das ist so süß, wie die Tierpfleger mit den Pinguinen und Elefanten per du sind. Tante Erna sieht ja am liebsten die Polizei-Serie, wo dieser blonde, hübsche Kommissar mitspielt. Wie heißt der doch gleich? – Der gefällt ihr! Der hat ein Lächeln! – Apropos Polizei! Jeden Nachmittag zur gleichen Zeit läuft eine Polizeiserie aus Bayern. Die ist Kult bei uns. Da versteht man zwar wegen des Dialekts nicht alles – das sollten sich die Plattdeutschen mal erlauben! – aber das macht nix, denn der Tatverlauf ist vorhersehbar, weil immer gleich. Die Dialoge kann man nach drei Mal gucken mitsprechen. Es beginnt immer mit einem Mord, der einer Büromietze telefonisch gemeldet wird. Die antwortet: Rüahn's nix ah, mer kommen!" und telefoniert sofort mit dem Polizisten für alle Fälle „Michi, mer hama Laich." Auf den

Ablauf kann ich mich verlassen und auch darauf, dass der Täter alleinstehend ist und deshalb kein Alibi hat. Immer. So hab ich es gern. Keine Überraschungen. – Was kann uns ihr Fernsehverhalten über Menschen sagen? Was steckt dahinter? Mord ist Unterhaltung. Polizeiserien, wie ‚Die Toten vom Bodensee', ‚Erzgebirgs–'und ‚Zürichkrimi', Morden im Norden, oder WapoIrgendwo erfreuen sich großer Beliebtheit, weil der Seher die Protagonisten kennt. Er begrüßt sie wie alte Bekannte und das schafft eine angenehme Art von Geborgenheit. Aber warum schaut sich einer Sendungen über das Elend anderer an? Vielleicht stärkt das sein Bewusstsein, dass er es eigentlich doch ganz gut hat. Das reicht ja schon. Er muss nicht einmal auf die Protagonisten herabsehen. Außerdem lassen wir uns gern unsere Vorurteile bestätigen. Genau. So ist das. Ob das gut ist oder ob TV Serien sich dazu eignen, sei dahingestellt. Auf jeden Fall ist es gut, dass es dieser Art Ablenkung gibt, die das wirklich Ernste und Bedrohliche für ein paar Stunden von uns fernhält.– Und gemeinsam fernsehen ist ja auch ein gutes Alibi...wenn man sich an die Sendung erinnert1

Klopapier und Grießklößchen

Es lässt sich nicht vermeiden. Man braucht hin und wieder ein neues Auto. Wenn das gerade jetzt ist, findet so mancher das richtig doof. Niemand weiß, wohin die Entwicklung geht. Wird es in Zukunft nur noch Elektro-Autos geben? Oder wird womöglich Wasserstoff die neue Energie sein? In diesen Tagen ist man nicht nur auf der Jagd nach Schnäppchen oder Sonderangeboten im Supermarkt, nein, man hat auch eine Tank-App, die einem sagt, wo das Benzin am wenigsten kostet. Meine Freundin kam gestern zu Besuch. Ich habe mir gerade ein Geschenk für 100€ gemacht. Ach, wie schön, was ist es denn? wollten wir wissen. Ich habe getankt, sagte sie und hatte fast Tränen in den Augen.. Und jetzt braucht sie noch ein neues Fahrzeug, weil der Leasing Vertrag ausläuft. Sie möchte Positives zum Umweltschutz beitragen und interessiert sich für ein Hybrid Auto. Ganz elektrisch, näh, lieber nicht. Wer weiß, wie das mit dem Aufladen klappt, wer weiß, wie weit man wirklich mit einer Batterieladung kommt? Für ein Hybrid Fahrzeug gibt der Staat bisher sogar noch einen beträchtlichen Zuschuss, ob man auch elektrisch fährt, kontrolliert niemand! Dafür ist die Leasingrate deutlich höher als für einen Benziner, schließlich muss die Batterie nach drei Jahren erneuert werden. Nun überlegt Elfi, ob sie nicht einfach noch einmal einen Benziner nehmen soll. Umweltbewusst kann sie ja auch in drei Jahren noch werden. – Weißt du, sagt sie, ich hab ja schon Sonnenkollektoren auf dem Balkon. Damit spare ich Strom, wenigstens ein paar Euro im Jahr. Überhaupt, wir sind jetzt bei 7,5 % Inflationsrate! Es beunruhigt schon, wenn alles, und ich meine nicht nur den Wochenendeinkauf, immer teurer wird. Dazu kommen zahlreiche Waren nun in kleinerer Menge in ihrer üblichen Verpackung daher. Wir müssen den Gürtel enger schnallen, das steht fest. Hätten wir uns träumen lassen, dass es einmal Engpässe an Speiseöl und Mehl geben könnte? Das erinnert mich an einen Besuch in der damaligen DDR, die zu der Zeit noch ungestraft „Ostzone" genannt werden durfte. Im HO Laden verlangte ich eine Lage Toilettenpapier. „Ham wa nich", war die Antwort. Schade, denn die auf Postkartengröße zerrissenen Zeitungsseiten erfüllten, auch wenn man sie sehr gründlich knüllte, nicht ihren Dienst. Dafür gaben sie reichlich Druckerschwärze ab. Wer wollte das? Zwei Tage später wieder im HO. Wir brauchten Grieß für Klöße. „Ham wa nich", erklang die bekannte und gefürchtete Antwort. Ich drehte mich um und wollte grad den Laden verlassen, als die Genossin Verkäuferin mir hinterherrief „aber heute ham wa Klopapier da!" Nun, das eignete sich nicht so gut für die Suppe, aber ich griff zu. Wer wusste schon, wann der nächste Engpass auftreten würde. Vielleicht konnten wir mit wem tauschen?! Trotz freier Marktwirtschaft sind wir nun in eine ähnliche Lage gerutscht. Gewiss, der Vergleich hinkt und ich übertreibe auch ein wenig, aber mal ehrlich: können Sie cool bleiben, bei dem, was uns jeder neue Nachrichten-Tag bringt?

Kommen Sie nicht auch ins Grübeln, wenn einfaches Sonnenblumenöl plötzlich über 5€ kostet und das Regal mit dem Mehl leer vor sich hin gähnt?

Ist doch schön, so mit Familie...

Wieder ist ein Fest vorüber. – Die Einladung an die gesamte Familie ist zu Feiertagen für manche selbstverständlich, für andere so was wie ein MUSS. Viele freuen sich, die Familie endlich wieder einmal zusammen zu haben. Seine Familie kann man sich nun mal nicht aussuchen, sagt Berni. Er weiß, wovon er spricht, denn er hat drei Brüder, die mit ihren Ehefrauen und insgesamt sieben Kindern anreisen, die Oma und Tante Herta noch im Gepäck. Berni und Lizzi, sein Weib, haben das Fest lange geplant. Es muss ja so viel bedacht werden. – Aber ist doch schön, dass wir uns alle endlich wieder treffen dürfen, nach Corona Beschränkungen und so ..., meint Berni. Lizzi lächelt ihn an. Sie weiß, wie er das meint. – Wir machen Brunch, schlägt sie vor. Das Essen bauen wir in der Küche auf. Jeder holt sich, was er möchte. – Dann haben am Tisch alle Platz. Lizzi deckt die lange Tafel ein, fünf Porzellanhasen bewachen eine Vase mit Frühlingsblumen.

Um 15 Uhr sind alle da. Tante Herta quält sich noch aus dem Auto, als die Kinder schon den ersten Vasenwächter gekillt haben. Ein Zug an der Tischdecke hat ihn aufs Parkett geschleudert. - Warum hängen die Enden aber auch bis zum Boden, Lizzi?– Lizzi kommt mit dem Kehrblech und ringt sich ein ‚ist ja nicht so schlimm' ab. Dabei war das gerade ihr Lieblingshase. Dämliche Göre, denkt sie. Die Kinder streiten sich um die Plätze. – Hau ab, Blödi, zischt AnnaLena ihren fünfjährigen Cousin an, neben Oma bin ich. – Bis alle endlich sitzen, sieht Lizzi in der Küche nach dem Rechten. Berni schenkt Kaffee ein und erklärt das Buffet. Herbert schaut seine Frau bedeutungsschwanger an. – Nicht mal aufgedeckt! Dann geht das Gerenne los. Als ob sie tagelang gehungert hätten, drängeln alle gleichzeitig in die Küche. – Gibt es keine vegane Butter? – Ihr wisst doch, dass ich nur Hafermilch trinke!- Wenn man die Gemüsebällchen langsam brät, sehen sie schöner aus, Lizzi.– Oma ruft aus dem Wohnzimmer, man möge ihr was mitbringen. – Näh, ruft Berni zurück, du musst dich mehr bewegen!– Oma ist sauer, obwohl sie weiß, dass ihr Sohn Recht hat. Als die meisten sitzen, entwickelt sich das Gespräch plötzlich in eine ungute Richtung. Zu gegensätzlich sind die politischen Positionen der Erwachsenen. Lizzi grätscht geschickt dazwischen – wohin fahrt ihr denn in den Urlaub, Dora? – Tante Herta macht mit, ohne es zu merken, denn sie erzählt sowieso immer das Gleiche. Im Seniorenheim ist der Erlebnishorizont eben recht kurz. – Die Frau Gerlach aus dem Nachbarzimmer, die ist so was von laut, ich kann euch sagen,...wenn die den Fernseher anhat...– Tante Herta, ist das die, die immer mit sich selbst spricht? Herta winkt ab: Kind sei nicht so vorlaut! Kinder sind still, wenn Erwachsene reden. Hat die Mama dir das nicht beigebracht? – Also Herta, du verbietest dem Kind nicht den Mund!, erhebt die Mama nun ihre Stimme. – Herta meint das doch nicht so, wirft Oma schlichtend ein. Nach dem dritten Gläschen Eierlikör wird es doch noch lustig. Da erinnern sich die Brüder, die Likör mit Schuss trinken, an ihre Kindheit.. Wisst ihr noch.. Klar, wissen alle, denn das erzählen sie jedes Mal. Oma berichtet von früher, als sie noch mit dem Opa.... jaaaaahhhh.... Lizzi und Berni erzählen von ihrer letzten Reise ....jaaaahh, wen interessiert das ? .... Als es Zeit zum Aufbruch ist, fallen sich alle in die Arme. Die Gesichter drehen sie zur Seite weg wegen Corona.. Tschüs, bis Pfingsten dann bei uns, sagt Bernis jüngster Bruder. Und dann sind alle weg. – Eigentlich hat man sich nicht viel zu sagen, denkt Lizzi. Jedes Mal das Gleiche – irgendwie. Aber ist doch schön, so mit Familie.

Hochzeit, Mega-Event oder Herzenssache?

Die Zeit, als das Heiraten bei jungen Leuten als spießig verpönt war, scheint überwunden. Es wird wieder geheiratet! Heute soll eine Hochzeit möglichst ein unvergesslicher Event sein. Dazu müssen die vier W-Fragen wann, wo, wer und wie geklärt werden. Der 2. 2. und 22.2.2022 waren schnell bundesweit ausgebucht. Die Feier soll natürlich an einem spektakulären Ort stattfinden. Am Meer, auf einem Berg, in Venedig,... mindestens. Aber eine Kirche sollte da schon auch sein – ja, denn doch! – Steht die Örtlichkeit fest, kommt das Feintuning. Anzahl der Gäste, Menü, Kleiderordnung für die Gäste, Brautjungfern samt begleitender Herren,.. Man erzählt von einer Feier, wo die Brautleute das Hotel, das sie zum Feiern ausgesucht hatten, baten, die Teppiche auszuwechseln, da sie farblich nicht zu den fliederfarbenen Kleidern der Brautjungfern passten. – Tja. – Zuvor muss der Junggesellenabschied natürlich ein Knaller sein. Da reicht es manchen nicht, über die Reeperbahn zu ziehen und Küsse zu verkaufen. Die Mädels fliegen gern nach London zum Shoppen, während die Jungs sich auf Malle vergnügen. So geht das! Nicht selten kostet so eine Heirat 20000 € und mehr. Wer soll das bezahlen? Die Eltern der Braut, wie früher üblich, wohl nicht. Ich denke an eine Zeit, wo mancher auf eine Hochzeitsreise verzichtete, um sich von den Geld-Geschenken eine Einrichtung zu kaufen. Heute starten viele mit einem Kredit von der Bank in ihr Eheleben. Wenn in früheren Zeiten zwei verheiratet wurden, hatten ihre Familien meist wirtschaftliche Gründe. Den Betroffenen selbst blieb wenig Mitspracherecht. Heirat aus Liebe kannten nur wenige, besonders weil Frauen zu der Zeit selten berufstätig waren und die Ehe sie versorgte. Zuweilen ist eine Eheschließung auch heute nicht frei von wirtschaftlicher Betrachtung. „Sachaustausch" nennt meine Tante das gern. Dabei rümpft sie die

Nase. Was sie damit meint? Na, dass einer oder möglichst beide ihren Nutzen aus dieser Ehe ziehen. Schöner, junger aber wenig betuchter Mann ehelicht deutlich ältere, reiche Frau. Oder anders herum. Wer allerdings später zurücktreten möchte von seiner Entscheidung, der hat es nicht leicht. Das kommt in der Regel nicht ganz billig und ist oft mit nervenaufreibenden Verhandlungen verbunden. Wenn ‚unser' plötzlich wieder ‚mein und dein' wird, scheiden sich die Geister. Da hört die Großzügigkeit auf, vor allem, wenn Verletzungen im Spiel sind. Dass man sich sachlich mit einer Trennung auseinandersetzt, scheint eher selten. Ein Rückgaberecht wird bei der Eheschließung nun einmal nicht gewährt. Ist ja kein Kauf, so was. Auch wenn es manchem später so vorkommt, als habe er die „Katze im Sack" geehelicht. Worum ging es doch gleich, als man sich zu heiraten entschloss? Die spektakulärste Hochzeitsfeier ist keine Garantie für gutes Gelingen der Ehe. Ein befreundeter Familienanwalt meint dazu nüchtern „Wenn solche Ehen drei Jahre halten, ist das lang". Wenn ich nochmal heirate, dann geht das nur meinen Liebsten und mich an. Ganz gewiss aber nicht wieder hundertfünfzig Freunde und Bekannte, wie beim ersten Versuch. – Auch wenn man alles richtig gemacht hat, kann eine Ehe natürlich zu Ende gehen. Gut, wenn einer dann nicht vom anderen abhängig ist wenn man dem Abgetrauten noch in die Augen schauen mag.

Ego-Walzer

Mit dem unterhalte ich mich gar nicht mehr! Ob ich was sage oder die Linde rauscht, er nimmt es nicht auf. Der redet einfach weiter, nur von sich! Er verfolgt ausschließlich seine Themen. – Sie ist sauer.. In jeder dritten Gesprächsrunde erlebt man jemanden, der offenbar in seinem >Autofocus< gefangen ist. Er bringt sich immer wieder ins Gespräch ein, jedoch nie mit einem Beitrag zum Thema. Jedes Mal wechselt er in seinen eigenen Erlebnisbereich zurück und scheint an dem, was andere erzählen, offenbar nicht interessiert. Sie wissen, was ich meine? Die Diskussion dreht sich z.B. um das Thema „Impfpflicht". Es wird angeregt argumentiert, Für und Wider abgewogen. Der Ego-Trip-ler ergreift das Wort. Die Köpfe wenden sich ihm zu, alle erwarten seine Meinung zum Thema. – Doch weit gefehlt! Statt etwas zur Diskussion über die ‚Impfpflicht' beizutragen, schielt er plötzlich und fragt in die Runde „Sagt mal, findet ihr nicht auch, dass meine Nase größer geworden ist?" Niemand antwortet, einer schüttelt den Kopf ob so viel Ignoranz. In einer Frauenrunde berichtet eine von ihrer kranken Mutter. Gemeinsam planen sie nun ein Hilfsprogramm, das die alte Dame vorerst unterstützen kann. „ Also, wir können ja Dienste einrichten. Ich würde mich um die Einkäufe kümmern.." Und mitten in diese Planung hinein quatscht eine der Frauen los: „Stell dir mal vor, meine Freundin Marion hat doch tatsächlich ihr Handy verloren. Irgendwo im Wildpark – das war so übel!. Wo sollte sie...?" Leicht irritiert schauen die anderen einander an. – Hä geht's noch? Nur selten versteht der Ego-tripler die Entrüstung der anderen. Schmerzhaft auch, wenn sich dieses Muster zwischen Eltern und ihren Kindern abspielt. Das Kind möchte etwas erklären aber die Mutti schaut aufs Handy und sagt >ich muss noch diese Bluse kaufen – was sagst du, Schatz?.< Bestimmt meint die Mutti es nicht böse, aber das Kind lernt, dass was es zu sagen hat, nicht so wichtig ist, wie eine Bluse. Wer mit Ego-triplern regelmäßig Umgang hat, der kennt bald schon deren ganz persönliche-Endlos-Schleife. „Gleich erzählt er wieder von seinem Ausflug nach Dresden – damals." – „Näh, ich glaub, zuerst kommt das mit dem nicht abgeholten Sperrmüll. Oder doch.." Vielleicht hat ja auch einer den Mut, mal so ganz allgemein darauf hinzuweisen, dass das, was andere denken und sagen, durchaus interessant sein kann. Spätestens also , wenn jemand mit seinem Ego-Walzer ins Off tanzt, sollte ein guter Freund ihm klarmachen, dass nun eine Richtungsänderung fällig ist. – Also, wenn mir das passiert, sagen Sie es bitte rundheraus. Ich kann linksrum genauso wie rechtsherum – nicht nur beim Walzer. – Näh! Wär' mir das peinlich!

Gewohnheit oder schlechte Angewohnheit?

‚Gewohnheit' – das klingt irgendwie langweilig und einförmig, jedenfalls nach wenig Abwechslung. ‚Gewohnheit' scheint sehr nah bei ‚gewöhnlich' zu liegen, ‚gewöhnlich' kann ‚normalerweise' oder auch ‚ordinär' meinen. So kompliziert will ich es heute aber gar nicht machen. Es geht schlicht um Gewohnheiten und Angewohnheiten, die wohl jeder von uns hat. Mir fallen da gleich drei bis vier von jeder Sorte ein, die ich hier jedoch lieber nicht verbreiten möchte. Wenn ich so darüber nachdenke, sind Angewohnheiten meist negativ gekoppelt. Was für eine eklige Angewohnheit, vor jedem Umblättern der Zeitschriftseiten den Zeigefinger anzulecken. Fragt sich der Lecker, wer das Magazin vor ihm in Händen hatte oder wer es nach ihm liest? Eine nicht ganz ungefährliche Angewohnheit! – Eine Freundin hat die

Gewohnheit, morgens, unabhängig vom Wetter, pünktlich um 8:00 Uhr zum Bäcker aufzubrechen. Gewöhnlich ist sie um 8:20 Uhr zurück. Das ist sehr verlässlich, man könnte die Uhr danach stellen. Auch die Zeitumstellung bringt sie dabei nicht aus dem Tritt. –. Meine Kollegin hat die Gewohnheit, jeden Tag pünktlich um 18:00 Uhr eine Quizshow im TV zu sehen, weshalb man sie dann besser nicht anruft. Genau wie mein Mann die späte Diskussionsrunde im ZDF oder die „Rosenheim Cops" um 16:15 Uhr nicht missen möchte. Was man also aus freier Entscheidung regelmäßig tut, ist eine Gewohnheit. Eine Angewohnheit ist eine Gewohnheit, die man sich besser wieder abgewöhnen sollte! Zwei Beispiele: Wenn sie sich, sobald sie beim Fernsehen, im Theater oder Kino still sitzt, mit der linken Hand ihren Kopf zu kratzten beginnt, ist das ziemlich fragwürdig. In diese Abteilung gehört auch die Angewohnheit einer Kassiererin, die ich im Supermarkt sah, sich permanent die Lippen zu lecken. Ihr Mund ist schon feuerrot, was sie offenbar nicht hindert, weiter zu lecken. Mancher

Tick dieser Art sollte vielleicht medizinisch geklärt werden.– Angewohnheiten können sich temporär nicht nur auf den Körper, sondern sogar auf unsere Sprache auswirken. ‚Äh', der klassische Satzfüller, soll Zeit schinden zum Überlegen. – Momentan haben tatsächlich viele Menschen das Wort „tatsächlich" in ihre Rede aufgenommen und benutzen es inflationär an unmöglichen Stellen. „Tatsächlich wohne ich in der x-Straße." – Auch nicht schön, wenn Bekenntnisse zur Gewohnheit werden und nicht mehr von Herzen kommen. – Wenn man etwas gewohnt ist, geht man davon aus, dass sich das auch nicht ändert. Sollte durch irgendeinen Umstand doch ein Knüppel zwischen die Speichen geraten und das Gewohnte unterbrochen werden, wirft das so manchen aus der Bahn. Er verliert den Halt, den die Gewohnheit ihm bietet. –

Die Änderung mancher Gewohnheit kann zuweilen das ganze Leben revolutionieren. „Seit wir Rentner sind, haben wir vieles geändert. Auch unser Sexualleben." –? – „Ich schlafe jetzt auf der rechten Seite."

Du blöde Tante!

Aus dem Wohnzimmer, hört man lautes Geschrei. Ihre Tochter führt über Internet ein Videogespräch mit ihrer Schwester in Basel. Auf dem Bildschirm sieht sie ihre Enkeltochter. Die schreit mit hochrotem Kopf Beschimpfungen, gerade so, als müsste sie die Entfernung von der Schweiz bis nach Hamburg mit ihrer Stimme überwinden. Es stört sie offenbar, dass ihre Mutter telefoniert. – „Hey, Lena, was ist denn los?" fragt sie die Dreijährige. Die reagiert nicht auf die Frage, sondern antwortet mit weiterem Geschrei. „Doofe Tante!" schreit sie, „ich mag dich nicht. Ich mag nur meine Mama und meinen Papa – blöde Tante!" Sie ist entsetzt. Das Kind ist knapp drei Jahre alt. Seine Mutter lächelt im Hintergrund. „Sie ist ja noch so klein", sagt sie. – Während sie sich zu fassen versucht, geht ihr so manches durch den Kopf. Dreijährige sind in der Trotzphase. Das weiß man. Aber darf man ihrem Benehmen einfach nur zusehen? Sie ist der Ansicht, dass man einem Kind von Beginn an vorleben und es auch dahingehend erziehen muss, dass man andere Menschen achtet. Mit drei Jahren ist die Prägephase auf dem Höhepunkt. Da tut sich die Mutter der kleinen Wuthexe, mit Laissez-faire ihrer Meinung nach zu leicht. Sie tut sich keinen Gefallen, wenn sie Lena mit solchem Verhalten durchkommen lässt. Später spricht sie das Thema an. Ihre Tochter ist der Meinung, dass man das heute anders sähe, als früher. Die Kinder seien eben auch anders. Sie jedoch denkt, dass die Erwachsenen das Gespräch hätten unterbrechen müssen. Etwa in der Art: „Lena, du bist wütend. Aber so spricht man nicht mit seiner Tante. Du kannst wieder anrufen, wenn es dir besser geht." Der dunkle Bildschirm hätte das Kind überrascht und wäre das Signal dafür, dass etwas nicht in Ordnung ist. Erziehungsfragen waren schon immer brisanter Stoff zwischen den Generationen. „Lena hat einen so starken Willen", erklärt deren Mutter. „ Aber dein Wille sollte doch wohl stärker sein, oder?" merkt sie an. „Kinder dürfen sich frei entfalten, solange diese Freiheit nicht andere verletzt. Dann musst du Grenzen setzen. – Das nennt man Erziehung. Natürlich ist das anstrengend, aber glaube mir, es wird unerträglich, wenn du das versäumst." Die Enkeltochter versteht sehr gut, was sie soll und was nicht. Wenn sie sich trotzdem widersetzt und lernt, dass das Erfolg hat, weil die Erwachsenen alles dulden, hat sie keinen Anlass, zu gehorchen. „Gehorchen" gefällt ihnen nicht? Sie halten den Begriff für veraltet, überholt, nicht mehr aktuell? Im eigentlichen Sinn heißt es nichts anderes als „sorgfältig zuhören". Wenn ein Kind also gesagt bekommt, dass es etwas nicht sagen oder tun darf, erkennt es am Ton der Eltern, wie die Ansage gemeint ist. Folgt es der Aufforderung nicht, ist der nächste, konsequente Schritt der Erziehung fällig. „Wenn du damit nicht aufhörst, gehst du bitte in dein Zimmer. Ich will das nicht mehr hören." Und genau dahin wird das Kind gebracht, so es sich einen Schmutz um elterliche Ansagen schert. –

Konsequenz bitte! Kinder müssen wissen, dass sie alles sagen und fragen dürfen, aber dass sie das nicht mehr dürfen, wenn sie die Grenze überschreiten, die ihre Eltern ihnen setzen. Warum das so ist? Weil es nicht die Kinder sind, die bestimmen, wo es lang geht.

Waldbaden macht glücklich

Immer mehr Menschen suchen Entspannung in der Natur. Unser Leben heute fordert seinen Preis, hin und wieder überfordert es uns und nimmt uns die Kraft. Manche finden einen Ausgleich im Sport, andere in Meditation, Lesen oder Wolken zählen. Der eine muss sich voll auspowern, der andere möchte sich ruhig bewegen. Ob du Marathon trainierst oder Pilates übst, ob du Fußball spielst, schwimmst oder strickst, egal. Hauptsache, es bringt dir die gewünschte Ruhe. Elsa trifft sich jeden Morgen um 8 Uhr mit drei anderen Frauen. Dann gehen sie durch den Wald, genießen die gute Luft und den Duft. Sie baden sozusagen im Wald. Dabei befreien sie sich vom Alltagsstress. Hier können sie durchatmen und sich auslassen, hier darf man herausschreien, was einen belastet. „Wie gut, dass ich euch habe", sagt eine, „nach unserem Gang geht es mir immer viel besser". Aber es ist nicht nur die grüne Umgebung, die entspannen hilft. Auch die Bäume selbst helfen. Haben Sie schon einmal einen Baum mit weiten Armen umfasst? Haben Sie sich ganz dicht an ihn geschmiegt, die Augen geschlossen und den Kopf an seine Rinde gelegt, haben Sie hingespürt? Nein? Dann rate ich, es unbedingt bald einmal zu probieren. Eigentlich müsste ich jetzt das Ergebnis dieser Übung abwarten. Aber ich ahne, was Sie sagen werden. Ich weiß ganz genau, was in Ihnen vorgehen wird. Einige werden neugierig sein und sich voller Abenteuerlust in den nächsten Wald aufmachen. Manch einer aber denkt sicher „Ich mach mich doch nicht zum Affen!" Andere machen es sich noch einfacher und haken das Thema kurzentschlossen ab. „Die Brose spinnt!"– Ja, damit mögen Sie vermutlich Recht haben. Allerdings, was die „Zwiesprache" mit Bäumen angeht, nicht. Wir wissen, dass Bäume miteinander kommunizieren. Wenn wir uns darauf einlassen, können wir daran teilhaben. Ich schmälere nicht den Effekt, wenn ich vorwegnehme, was Sie erleben werden, wenn Sie Ihren Baum gefunden haben. Ich muss nur die Augen schließen und schon spüre ich die Kraft, die er aus dem Boden zieht. Schon fühle ich, wie der Baum Energie aufnimmt und sie in seinem Stamm, den Ästen bis hin in kleinste Zweiglein und jedes Blatt verteilt. Ich, die ich ihn umarme, bin für den Moment Teil dieses Vorganges. Die Kraft, die durch die Wurzeln des Baumes aufsteigt, verströmt sich auch in meinen Körper. Ich spüre, wie sie durch meine Adern fließt und bedanke mich bei meinem Baum. Nach so einem Meeting fühle ich mich immer ganz besonders, meist ruhig und gestärkt. Ein schöner Ort zum Waldbaden ist übrigens der ‚Barfußpark' in Egestorf. Über drei Kilometer barfuß durch den Wald zu gehen, die verschiedenen Untergründe zu spüren, wunderschöne Bäume zu sehen und zu fühlen, das hat was. Aber jeder andere Wald, der Sie zum Verweilen einlädt, tut es auch. Welcher Sie anspricht, wissen nur Sie. – Warum mein Mann noch keinen Baum hat? Keine Ahnung!

Wahrscheinlich denkt er sich „Hauptsache, sie ist glücklich, ein wenig verrückt ist ja ganz niedlich." Daran, dass ich mit großen Pflanzen lebe, musste er sich auch erst gewöhnen. Dass ich mit denen spreche, erscheint ihm nach wie vor spuki. Na ja, meine Kentia Palme z.B. hat inzwischen einen Umfang von über sechs Metern. Ich muss sie jetzt bremsen, denn sonst geht sie mir womöglich durch die Decke. Ob er das dann noch niedlich findet?!

Sprachlos? – Nicht gut!

Verluste sind schwer zu verkraften. Umso schlimmer, wenn sie unsere Mitmenschen schweigen lassen. – Karl ist seit drei Monaten krank geschrieben. Seine Arbeitsunfähigkeit macht ihm zu schaffen, aber sein Befinden lässt die berufliche Belastung einfach noch nicht zu. Er dachte, seine Kollegen würden sich einmal melden, sein Chef würde vielleicht anfragen, wie es ihm geht. Woche für Woche vergeht, ohne dass er etwas hört. Das gibt ihm das Gefühl, dass er vergessen ist. War seine Arbeit nichts wert? Erledigt die jetzt ein anderer? Ist er entbehrlich? Nach zwanzig Jahren Betriebszugehörigkeit gibt ihm das zu denken. – Sie finden, er selbst hätte ja mal hingehen können? Keine gute Idee. „Besuch" im täglichen Arbeitsprozess kann man eher wenig gut gebrauchen. Das merkt der Betroffene genau und fühlt sich umso schlechter. Sie kennen das, wenn Ehemalige, nun vielleicht Senioren, die Firma unangekündigt heimsuchen. Sie stehen dann irgendwo herum mit dem peinlichen Gefühl, zu stören. Da nützt auch das freundliche „Hallo" der vorbeieilenden Kollegen nichts, denn jeder von ihnen hat so zwischendurch einfach wenig Zeit für ein Pläuschchen über vergangene Tage. –

Ihre Freundin wurde von ihrem Mann verlassen. Ausgetauscht gegen eine Jüngere. Nicht ungewöhnlich, aber fast immer unerträglich. Sie müssen ihr nicht den Männerhasser vormachen, um sie zu trösten und darin zu bestätigen, dass er ein Schwein ist. Besser, Sie versuchen sehr ehrlich darüber zu reden, was schief gelaufen ist. Vielleicht kommt heraus, dass auch die Freundin schon länger unzufrieden war? Vielleicht ergibt sich, dass sie selbst zum Ende beigetragen hat? Daraus entwickeln sich womöglich sogar Zukunftsperspektiven, die man nicht ahnen konnte. –

Die Frau war gestorben. Fünf Jahre hatte er sie zu Hause gepflegt, bis der Krebs dann stärker war. Eine Nachbarin schrieb ihm einen Brief. Sie machte ihm Mut, versuchte, Worte für ihr Mitgefühl zu finden, wohlwissend, dass es jetzt keinen Trost für ihn gab. Dieser Brief war ihm eine große Freude und er bedankte sich dafür. „Wissen Sie", sagte er, „Ihr Brief hat mich sehr berührt, meine Freunde sind alle stumm." – Warum ist das so? Sind sie unsicher? Trauen sie sich nicht, ihn anzusprechen? Haben sie Angst, ihn in seiner Trauer zu stören? Ist es nicht vielmehr so, dass jemand, der einen solchen Verlust erlebt, sich unglaublich allein und verlassen fühlt? Man weiß es nicht, aber ich denke, das Risiko, dass es anders ist, zählt nicht als Ausrede dafür, nichts zu tun. Der Trauernde kann ja immer reduzieren, wenn ihm die Zuwendung zu viel wird. Ich möchte nicht allein sein, wenn es mir schlecht geht. Deshalb habe ich mich entschlossen, nie mehr vorgedruckte Beileidskarten zu verschicken. Ich schreibe in solchen Fällen einen sehr persönlichen Brief, in der Hoffnung, das zu übermitteln, was ich sagen möchte. Und so sollte man auch mit Kranken verfahren. Es ist so leicht, eine Mail zu schreiben, sich mit Whatsapp zu melden oder anzurufen. Ab und an zu fragen, wie es geht, ist eine kleine Mühe mit großer Wirkung. Wenn man aushält, dass der Angesprochene einem womöglich wirklich sein Herz ausschüttet. Schlimmer aber wäre die Antwort „danke gut", denn das wäre das untrügliche Signal für „ich will nicht reden, lass mich in Ruhe." In einem solchem Fall kann man schwer einen zweiten Anlauf starten.

Es gibt kein Patentrezept, wie man Verlusten verschiedener Art begegnet. „Sprachlos" ist jedenfalls keine Option.

Raus aus dem Sorgenrad!

Mir wird das alles zu viel! Wenn ich morgens die Zeitung auseinander falte, gerate ich sogleich ins Schwitzen. Die Schlagzeilen bedrängen meine Fantasie. Fotos von verheerenden Waldbränden in Südeuropa, Tod und Zerstörung in der Ukraine. Die Überschriften handeln von Energieknappheit, Umweltzerstörung, Klimawandel und Angst vor einem drohenden Krieg für alle. Ein wenig im Hintergrund, aber dennoch latent bedrohlich, schwelt das Thema Covid, Impfstoff und anhaltende Einschränkungen in unserem Alltag. Die ersten Hamsterkäufe sorgen bereits für Verknappung. Holz ist kaum noch zu bekommen. Elektrische Heizlüfter haben Lieferzeiten ab 10 Wochen. Demnächst werden Wolldecken und Socken knapp. Steigende Gaspreise bedrohen nicht nur Menschen mit kleinen Einkommen, sondern alle. Wie werden wir den Winter überstehen? Neuerdings haben wir es auch zunehmend mit extremen Wetterlagen und Umweltkatastrophen zu tun. Hitzewellen, die Todesopfer kosten, wechseln mit Überschwemmungen, die Natur leidet, Artenvielfalt schwindet. Dabei ändert schon der Wegfall einer einzigen Art alles! Die entspannte Zeit ist nun definitiv für länger vorbei. Wie lange, das hängt von Faktoren ab, auf die wir, die Bürger, allein wenig Einfluss haben. Die Ängste der Menschen sind deshalb vielfältig. Ältere fürchten einen Krieg, den sie aus ihrer Kindheit noch erinnern. Nie wieder wollten sie das erleben. – Stopp! – Wenn wir uns einer Endzeitstimmung ergeben, haben wir keine Chance. Unter dem Zwang der Notwendigkeit werden wir den Kohleausstieg und die Schließung der Atomkraftwerke verschieben müssen. Aber wir dürfen uns nicht von Erpressung bestimmen lassen. Zusammenhalt, Miteinander und soziales Verhalten, das WIR einer Gesellschaft, macht ihre

Stärke aus. Versuchen wir, kreativ mit den zu erwartenden Engpässen umzugehen. Beweisen wir uns und anderen, dass wir bereit und in der Lage sind, uns für eine gewisse Zeit einzuschränken, unser Konsumverhalten zu überdenken. Stellen wir uns der Herausforderung, statt zu jammern. Schreiben wir uns ein >jetzt erst recht!< auf die Fahne, statt uns intern zu zerfleischen und zu demontieren. Politiker haben ja in der Opposition bekanntlich die besten Einfälle. Aber auch wir anderen können unser Verhalten überdenken. Wie heiß muss das Duschwasser sein? Wie kann man zugige Fenster abdichten? Offene Türen kann man einrennen, aber Geschlossene halten die Wärme im Zimmer. Wie warm muss es in den Räumen sein? Muss ich im Winter im T-Shirt rumlaufen? Stoßlüften, kurz und knackig ist besser als Langes oder gar keines. – Wir alle sollten uns über die kleinen Dinge freuen, trotzdem. Das wird uns helfen, nach vorn zu sehen und anzupacken, was zu tun ist. – Denken wir doch nicht unentwegt über die bedrängenden Probleme nach! Steigen wir aus dem Sorgenrad aus! Da ist noch unser Leben mit richtig blöden Witzen, mit dem wunderbaren Herbstlaub der Bäume, ..dem ewig kläffenden Nachbarshund, der netten neuen Nachbarin. Nicht zu vergessen das eklige Hamburger Schietwetter! Also ehrlich, nun reichts aber! – Ich glaube, die Zeitung ist gerade gekommen

Boxspring – häh?

Mit dem Alter nehmen körperliche Beschwerden jeder Art zu oder stellen sich doch bei den meisten von uns ein. Nichts wird mehr besser, vieles aber anders. (Mein Lieblingsspruch!)
Rückenschmerzen kennt fast jeder. Wen sein Rücken schon mehr als 6 x 10 Jahre getragen hat, dem muss klar sein, dass der zwischendurch mal eine Auszeit nimmt. Besonders die Lendenwirbel schwächeln gern. Nach langem Sitzen kommst du kaum wieder hoch. Wenn du dann endlich stehst, wartest du, bis deine Wirbel sich berappelt haben, bevor du losmarschierst. Besonders schmerzhaft ist das morgens beim Aufstehen. Mancher, der in reiferen Jahren noch immer in dreißig Zentimeter Höhe nächtigt, womöglich mit schicker, breiter Ablage rund ums Bett, der hat jeden Morgen ein Problem. Es beginnt damit, dass du ins Sitzen

kommen musst. Über eine Seite, den Unterarm als Hebel oder mit Schwung, die Hände unter den Oberschenkeln. Beides keine leichten Übungen, da du dabei in die Matratze einsinkst, anfängst zu kegeln und den Halt verlierst. Hast du es irgendwann geschafft, sitzt du mit ausgestreckten Beinen in der Mitte des Bettes – oh, der Rücken! – rechts einen halben Meter, links dasselbe bis zum Rand. Du hangelst dich mühsam wie ein Fisch auf dem Trockenen an den Rand, um endlich ein Bein an die Erde zu kriegen. Dabei rammst du dir die Ablage voll in die Wade, denn das Ding macht sich zwischen dir und dem Boden breit. Nun hockst du da, beugst dich vornüber und versuchst aus dreißig Zentimeter Höhe über die Ablage hinweg – du achtest nicht auf die Bücher, die dabei schneller am Boden sind, als du – in die Höhe zu gelangen. Zum Glück hast du soviel Vorlage, dass du dich an der gegenüberliegenden Kommode hochziehen kannst. Dann kommt der stechende Schmerz, spätestens wenn dein Rücken registriert, was du vorhast. Du wagst die ersten langsamen Schritte, taperst ins Bad und steigst in die Dusche. Das heiße Wasser hilft! Schon beim Abtrocknen spürst du Besserung. Dennoch, es wird Zeit für ein altersgemäßes Bett. Du gehst in verschiedene Fachgeschäfte, lässt dich beraten und liegst „Probe". Man empfiehlt dir ein Box-Spring-Bett. Du lässt dir erklären, dass der Name nicht „in die Kiste springen" meint, sondern lediglich Federkerne, die sich in verschiedener Anzahl in Fächern drängeln. Im Baukastenprinzip kannst du dir deine neue Schlafstatt zusammenstellen. Du stellst fest, dass diese Dinger zu Preisen zu haben sind, die du dir im Traum nicht vorstellen konntest, bis hin zum Preis von Luxusautos.

– Aber im Auto zu schlafen ist in deinem Alter wohl keine Option mehr, oder? Also probierst du Vorort dieses Wunder von Bett aus. Die Matratze gefällt dir. Sie hat gerade die richtige Härte. Als du dem Verkäufer dann dein Aussteige-Problem demonstrierst, wird es peinlich. Aus der gemütlichen Seitenlage schwingst du dein rechtes Bein mit Unterstützung deiner rechten Hand mutig in die Senkrechte. Huiie! Los gehts1 Beine ausstrecken zur Landung! Ehe du dich versiehst, landest du mit beiden Füßen auf dem Boden und kommst fast automatisch zum Stehen. Die Liegefläche dieses Ungetüms ist dreimal so hoch wie die deines Tiefschläfers. Diese Übung möchtest du gleich wiederholen. So leicht kann man es haben? Grandios. Was für ein Spaß! Der junge Verkäufer verdreht die Augen. <Schon wieder!> denkt er. Nun musst du nur noch im Lotto gewinnen oder dich mit dem Älterwerden noch ein wenig gedulden und ganz ganz kräftig sparen..

Schutzengel ?

Glauben Sie an Engel? An Schutzengel? Ich stelle mir vor, dass meine Leser sich in diesem Moment in drei Gruppen aufspalten. Die „No-Angels" sind Verfechter der Sachlichkeit, des wissenschaftlich Erklärbaren. Sie wollen Beweise sehen und tun solcherart als Esoterik-Gefasel oder „Spökenkiekerei" ab. Die „May-Bes" sind sich nicht ganz sicher. Es gibt ja Dinge, die kann man nicht verstehen, aber es gibt sie eben doch. Diese Menschen halten sich die Antwort offen. Die „Ja-Gruppe" ist davon überzeugt, dass es Engel gibt. Überzeugt, nicht, weil sie darin eine Hoffnung sehen oder auch eine Art Rückversicherung. Viele haben in

prekären Situationen schon Erfahrungen mit ihren Schutzengeln gemacht. Ich weiß, dass ich einen oder sogar mehrere Schutzengel habe. Darüber diskutiere ich auch nicht. Ich bedanke mich aber für ihre großartige Wachsamkeit. Manchmal beauftragen die Engel uns, zu handeln. Man hinterfragt dann nicht, ob das, was man zu tun beabsichtigt, richtig oder falsch ist, man macht es einfach. Es fühlt sich ein wenig an, wie „ferngesteuert". Ich erinnere eine Begebenheit aus meiner Dienstzeit. Ich fand ein Kind auf dem Schulhof, Es hatte eine blass-grüne Gesichtsfarbe und jammerte über Bauchschmerzen. Normalerweise legten sich Kinder ins Krankenzimmer und wir sahen nach ihnen. In diesem Fall jedoch rannte ich zur Schulleitung, rief nur „Gehen Sie bitte in meinen Unterricht, ich muss ein Kind zum Arzt fahren!" Das Kind hatte keine äußeren Verletzungen. Den Notarzt zu rufen, nur weil einem Schüler übel war, wäre unangemessen gewesen. Ich bin ja kein Mediziner und habe trotzdem sofort diese Entscheidung getroffen. Der Arzt hatte nach kurzer Untersuchung den Verdacht auf innere Blutungen und rief den Rettungshubschrauber. Der Junge wurde sofort operiert. Es war höchste Zeit. Er hatte einen Milzriss. Hätte ich ihn die Stunde im Krankenzimmer gelassen, ... Ich danke heute noch dem Engel, der mich ferngesteuert hat. - Wie auch damals, als ein fünfjähriger Junge hinter einem parkenden Transporter hervorkam und mir direkt ins Auto lief. Er flog durch die Luft wie eine Puppe, landete auf dem Boden und jammerte. Ohne zu denken, griff ich in seinen Mund und fischte erst einmal einen Kaugummi aus seinem Rachen. Er wurde auf einem Luftkissen abtransportiert und außer einer Gehirnerschütterung hatte er nichts! – Aber er hatte einen sehr wachen Schutzengel.– Ich lebe noch, weil mein Engel der Beste ist. Als ein Wagen auf der Autobahn mit ca. 180 km/h genau vor mir in die rechte Leitplanke schoss, Reifen explodierten und Autoteile in alle Winde schossen, der Wagen sich drehte, um dann in der gegenüber liegenden Leitplanke stecken zu bleiben, hat mein Engel mir geholfen, den fliegenden Autoteilen auszuweichen, nicht durchzudrehen, sondern 50 m weiter zum Stehen zu kommen. – Als ich letztens bei strömendem Regen einen LKW einfädeln lassen wollte, übersah ich ein Auto, das mit unverminderter Geschwindigkeit an dieser Stelle noch überholen wollte. Plötzlich, ein irres Hupen und wir waren zu dritt auf zwei Fahrspuren. Ich, eingezwängt zwischen Überholer und LKW, dachte „Das war es, meine Gute, da hast du wohl nicht aufgepasst" – Aber näh! Der Engel, dieser Supertyp, hat mich das Richtige tun lassen: Spur halten, langsam vom Gas. Mein Auto hat sich ganz klein gemacht. Da war der Überholer schon über alle Berge. – Die Frage **ob** es Engel gibt, stellt sich mir deshalb nicht. Ich weiß, **dass** sie da sind. Ich muss nicht alles verstehen.– Noch immer in der „No-Angels Gruppe"?

(Schreiben Sie mir Ihre Schutzengelerfahrung!)

Wenn die Vergangenheit die Zukunft einholt

Ziellos bummelt sie durch den Gartenmarkt. Als sie um die nächste Ausstellungsgondel biegen will, steht ihr unvermittelt eine Frau gegenüber. Sie sehen einander an und brechen in Jubel aus. Sie fallen sich in die Arme. Mindestens fünf Jahre haben sie einander nicht gesehen. Was für eine Freude! Sofort fliegen Fragen und Informationen hin und her. Wie geht es den Kindern? Der Gatte ist soeben in den Ruhestand getreten. Wie geht es gesundheitlich? Sie arbeitet jetzt im Supermarkt. Die Tochter ist schon seit sechs Jahren in einem Hotel tätig. Sehr erfolgreich. Und dann folgen gemeinsame Erinnerungen und sie tauschen sich über die jüngsten Entwicklungen aus. Als sie sich nach zehn Minuten verabschieden, versprechen sie, sich bald einmal zum Kaffee zu treffen. Ja, seufzt eine, das sagen wir immer und was wird daraus, wenn der Alltag uns verschluckt? – Das kennt man. Und dennoch hallt das Treffen noch lange nach. Es hat die Vergangenheit wiederbelebt, die ihr Leben war. Zu Hause denkt sie noch über den Zufall nach, der ihr das Treffen mit der Freundin beschert hatte. Wie schnell die Jahre verflogen sind, denkt sie. Ihre Gedanken sind ein wenig schwer. All diese Zeit, ihre Lebenszeit, ist vergangen. Unwiederbringlich! Natürlich ist in diesen Jahren eine Menge geschehen. Dennoch fragt sie sich, ob sie ihre Zeit gut genutzt hat. Ein verständlicher Gedanke, aber sinnlos. So sinnlos! Schau nach vorn, Frau, herrscht sie sich selbst an. Wie blöd in der Vergangenheit zu kramen. Gestern kommt nicht mehr zurück. Heute heißt es zu leben. Ihr ist bewusst, dass ihr Leben es gut mit ihr meint. Trotz leichter, gesundheitlicher Einschränkungen ist sie gut drauf. Jeder trägt sein Sorgen-Päckchen. Du kannst sicher sein, dass niemand ohne ist. Das wird dich nicht trösten, das wird dich nicht beruhigen, aber so ist es. Irgendwann holt dann die Vergangenheit die Zukunft an Jahren ein und dir wird klar, dass du älter geworden bist und dass die Zeit, die vor dir liegt, kürzer wird. Du spürst aber auch, dass dein erlebtes Leben ein großer Schatz ist, den dir niemand nehmen kann. Du kannst Erinnerungen abrufen, wann immer du möchtest. Wenn es dir nicht gut geht, kannst du die Augen schließen und einen schönen Moment oder einen geliebten Ort erinnern. Dir ist klar, dass von nun an dein Leben wahrscheinlich nicht mehr besser, sondern nur noch anders werden kann. Auch mit dieser Erfahrung bist du nicht allein. Du wirst feststellen, dass manche Erinnerung verblasst oder an Bedeutung verliert, andere jedoch plötzlich einen höheren Stellenwert bekommen. Trotz allem hast du ein Jetzt, das du leben darfst. Gib ihm eine Chance. Denke daran, es endet erst, wenn die Vergangenheit es eingeholt hat. – Sie wird die Freundin gleich morgen anrufen und sich zum Kaffee verabreden. Es wäre dumm, Zeit zu verlieren

Herbst voller Hoffnung

Die schönsten Gedichte handeln vom Herbst – finde ich. Frühling, ja, auch schön. Voller Aufbruchstimmung, Jugend, Hoffnung, Ungeduld…. Sommer braucht offenbar nicht viele Worte. Prall und sonnig spricht er für sich selbst. Jeder mag ihn. Winter findet nur spärlich Beifall. Abweisend, frostig und ungemütlich, nur schön, wenn die Sonne auf frischen Schnee scheint. – Aber der Herbst, der sagt uns was! Goldener Oktober, Indian Summer – warme, wunderschöne Gelb- und Rottöne zieren plötzlich die Natur. Ein Farbenmeer in goldenen Sonnenstrahlen, das sich täglich verändert, verleitet zum Schwärmen. Das Jahr kommt zur Ruhe. Natürlich übertragen wir den Lauf des Jahres auch auf unser Leben. Wer Frühling und Sommer hinter sich gelassen hat, wer also im Spätsommer oder gar schon im Herbst seines Lebens angekommen ist, weiß, dass auch die schönsten Blätter irgendwann dahin welken. Wehwehchen stellen sich ein. Unsere Knochen sind nicht auf die vielen Jahre ausgerichtet, die wir heute leben. Knie, Schultern, Hüften, die Gelenke, die am meisten leisten müssen, fordern ihren Tribut. Zum Glück fallen sie nicht ab, wie Blätter von den Bäumen. Aber sie fordern nun Aufmerksamkeit. Mancher sehnt sich nach besseren Zeiten zurück, andere nehmen hin, was sich nicht ändern lässt. Die Blätter des Ahorns färben gerade von Grün auf Orange. Jeden Tag leistet sich der Baum ein wenig mehr Farbe. Irgendwann leuchtet er in einem fantastischen Rot. Man mag es nicht glauben, aber er ist jetzt entschieden schöner als im Sommer! Hoffst du noch, dass dir das Grün des Sommers erhalten bleibt oder hat dein Herbst auch schon ein wenig die Farbe gewechselt und du lernst die neuen Nuancen kennen? Freust du dich, dass so vieles, das dich früher auf die Palme brachte, dir jetzt hinten vorbeigeht? Kannst du über Missgeschicke wohlwollend schmunzeln, statt dich aufzuregen?

Kannst du gesundheitliche Einschränkungen verkraften, ohne aus deiner Lebensbahn auszubrechen? Womöglich bist du schon im Ruhestand. Dann hast du Zeit, dir die Gewissheit erträglich zu machen, dass ein entscheidender Unterschied zwischen dir und dem Ahorn besteht. Während er ohne Blätter, ganz kahl abwartet, bis ein neuer Frühling ihn wachküsst – und der kommt bestimmt – weißt du, dass dein Frühling nicht zurückkommt. Du musst dir darüber im Klaren sein, dass nichts mehr besser, aber vieles anders wird. Du bist nicht der einzige Mensch, dem das so geht. Schau dich um. Du wirst feststellen, dass es Schlimmeres gibt, als deine Probleme. Du wirst andere finden, mit denen du gemeinsam Neues erfahren kannst. Und es bleiben auch Dinge, wie sie schon immer waren. Ist es nicht eine Freude zuzusehen, wie Kinder durch Berge von trockenem Laub toben und die Blätter nur so in alle Richtungen fliegen? Spiel doch einfach mal mit, wenn sie Blätter regnen lassen. Sei gespannt, was du noch erleben wirst, bleib neugierig auf das, was dein Herbst dir bringt. Du darfst dich gelassen zurücklehnen, denn alles kommt sowieso, wie es soll. Mein bestes und auch schönstes Gedicht heißt „Herbst voller Hoffnung" und man kann ihn fast spüren, den Herbst...

Angeln und miteinander schweigen

In einem Vierer-Flight beim Golfturnier treffe ich Hans. Auf dem Weg zum nächsten Schlag, kommen wir ins Gespräch. „Spielt deine Frau auch?" will ich wissen, in der Hoffnung wieder einmal ein nettes Paar als Spielpartner zu gewinnen. „Nein," sagt Hans, „die reitet". Und so erfahre ich öfter, dass Paare nicht die gleiche Vorstellung von Freizeitgestaltung haben. Das kann jeder machen, wie er möchte. Allerdings nur so lange, bis die Interessen des Einen die des Anderen einengen, stören oder gar verhindern. Olli und Bea fahren gemeinsam Fahrrad. Sie legen Wert auf gemeinsame Zeit, neben ihren anspruchsvollen Jobs. In ihrer ersten Ehe hatte Bea es mit einem Angler zu tun. Da Klaus jede freie Minute an den See fuhr und seine Rute ins Wasser hängte, blieb ihm für Bea wenig Zeit. Sie lebten sich auseinander. – Karl darf Tennis spielen, solange sich der Aufwand mit den Besuchen seiner Frau bei den Enkeln verträgt.

„Meine Frau macht gar nichts", beschwert sich Richard. „Wenn ich zum Fußball gehe, mault sie. Jedes Mal." Zusammen ist schön, getrennt muss möglich sein. Schon allein wegen der Tatsache, dass auch Distanz Nähe schafft. Miteinander leben darf nicht aneinander kleben bedeuten. Vielleicht ist das heute auch ein wenig anders als noch vor 20 Jahren? Meine Eltern machten alles gemeinsam. Die wären im Leben nicht darauf gekommen, ohne den anderen in die Ferien zu fahren. – Außer, die Ehe wäre zerrüttet.— Wenn mein Liebster mit seinen drei Partnern für ein paar Tage ins Rudercamp fährt oder wenn ich Ladys-Urlaub mache, wird meine Mutter regelmäßig nervös. „Kind, ist bei euch alles in Ordnung?" Ja! – Dem anderen die nötige Freiheit zu lassen, die er braucht, seine Anwesenheit um so mehr zu genießen, wenn er zurück ist, das ist optimal. In welcher Art sich die Freizeitgestaltung der Partner gestaltet, ist dabei völlig unwichtig. Wenn ein guter Freund dich zur Seite nimmt und dir zuraunt: „Im Vertrauen, meine Liebe, ich habe gestern deinen Mann mit der Frau von Max auf dem Golfplatz gesehen". Und du ihm den Wind aus den Segeln nehmen kannst „ja, Max und ich sind später gestartet", sollte das ausreichen, die Spekulationen flach zu halten. Ich habe jedenfalls festgestellt, dass in gemischten Sportgruppen ein äußerst ausgeglichenes und wohlwollendes Klima herrschen kann. „Wenn Herta ihren Mann beglückwünscht zu seinen Mitspielerinnen: „Hans, du hast dir wieder die schönsten Frauen ausgesucht", dann weiß Hans das zu beantworten: „Ja, danke Herta, ich weiß, ich bin zu beneiden! Aber jeder weiß, dass die schönste von allen mein Weib ist." Alle lachen und alles ist ok. – Und eines wissen wir: Wichtig ist nur, dass wir überhaupt mit unserer Freizeit etwas anfangen können und uns nicht vor Langeweile auf den Keks gehen. Ob du Hallenhalma spielst oder dich im Teebeutel-Weitwurf misst, egal. Hauptsache es macht dir Spaß und du hast was zu erzählen. Nichts ist langweiliger, als ein Gespräch mit jemandem, der nichts erlebt. Auch, wenn mich das Gerede über Fußball nervt, ist es mir lieber, er spielt selbst, als dass er von morgens bis abends Fußball auf Sky guckt. Und wenn er dann erzählt, dass er drei Tore geschossen hat, ist er mein Held und ich bin mega stolz auf ihn. – Auch wenn ich während der Fußballzeit sehr gern mit ihm spazieren gegangen wäre...

Eih, chill mal!

Unter der Wärmehaube beim Friseur bekomme ich mit einem Ohr ein Gespräch der Chefin mit. Ich nehme Wortfetzen auf – Schulabschluss– Ausbildung. Kaum ist das Gespräch beendet, klingelt mein Wecker. – Stellen Sie sich das mal vor! ruft die Chefin empört, ich frage ihn nach seinem Schulabschluss, der ja wohl zu einer Bewerbung gehört. Und was antwortet er? >Hab ich kein Abschluss, näh. Brauch ich nich, kann ich das auch so< Diese dummfreche Art begegnet Lehrherren heute immer häufiger. Wie zum Beispiel die Bewerbung einer 27Jährigen: >Liebe Frau Müller, ..< steht in dem Anschreiben. Was soll die Meisterin davon halten; wo sie doch <Lüdescheid> heißt? Es wird also klar, dass die Kandidatin eine einzige Bewerbung vervielfältigt hat, bei Null Interesse für diesen Betrieb. Sie schreibt >Ich habe mich schon immer für Haare interessiert und schon vielen Freundinnen ihre Haare bunt gefärbt.< Das angehängte Zeugnis ist das einer Förderschule, das ihr bescheinigt, dass sie 25 Tage versäumt hat, davon 19 unentschuldigt. Außerdem ist sehr pädagogisch angemerkt, dass sich ihr Arbeitseifer stark verbessern ließe. (!)– Meine Bekannte erzählt, dass ihre Tochter jetzt nach Bali geht. — Bali?, frage ich erstaunt, –ich denke, sie studiert? – Ja, das kann sie doch online und in der Sonne macht es auch viel mehr Spaß!– – Was ist bloß los mit manchen Jugendlichen? Das frage ich mich schon länger. Azubis und Mitarbeiter werden gesucht. Fachpersonal ist knapp. Erstaunlich ist diese Unlust und dass sich diese Haltung nicht nur in unteren Bildungsschichten findet. Der Sohn einer Nachbarin hat seinen Master in Maschinenbau abgeschlossen. Auf meine Frage, wo er denn nun arbeiten wird, berichtet seine Mutter, dass Marcel jetzt erst mal ne Auszeit im Ausland verbringen möchte. Australien, Neuseeland und so. Später wolle er dann mit Teilzeitarbeit beginnen, um auch genügend Freizeit zu haben. Man wolle ja nicht nur für den Job leben. (!) Offenbar ist in Schulen und Universtäten verbreitet worden, dass Egozentrismus eine gute Basis für's Berufsleben abgibt. Zwischen Geburt und Ableben herrscht also eine Mega Dauer–Party. Sie beginnt mit Wunschkonzert und dreht sich dann ausschließlich um den Ego-Salto jedes Einzelnen. Die Altersversorgung gewinnt, wer Glück hat, in der Lotterie. – Andere Zeiten!– Sagt mein Angetrauter. Ja, näh! Von wegen! Wohin soll eine solche Einstellung führen? Wenn die Frage, warum man sich nicht auf den Posten der Abteilungsleiterin bewerbe, sehr überzeugt damit beantwortet wird, dass man niemand für die erste Reihe sei, erscheint mir das fragwürdig. Wenn jemand sich Kinder machen lässt um dauerhaft auf arbeitsunfähig zu machen und Unterstützung zu beziehen, wenn jedes Mal, wenn vom Amt die Aufforderung kommt, sich mal wieder zu bewerben, eine neue Schwangerschaft den Berufsstart verhindert, dann frage ich mich, warum die Gemeinschaft das finanzieren sollte. Sie denken ich übertreibe? Mitnichten. So was macht mich mega sauer, weil ich nämlich genau weiß, dass das Leben für die meisten von uns alles andere als eine Party ist!

Da oben müsste ich auch mal wieder..

Wie macht ihr das bloß, dass ihr euch so oft verabreden könnt? Habt ihr im Haus nichts zu tun? – So die Frage einer Freundin beim letzten Kaffeeklatsch. Ja, da war Schweigen am Tisch, denn jede von uns ist in sich gegangen um diese Frage für sich zu klären. Hausarbeit – Frühlingsputz – was nötig ist. Nö, meint eine, das reduziere ich aufs Nötigste. Wir bekommen regelmäßig Gäste, vorher wird gründlich geputzt. Ansonsten teile ich mir ein, was zu tun ist. Da gibt es auch Dinge, die ich nur alle paar Jahre verrichte. – Mir ist das zu vage. Ich will es genau wissen. – Wovon genau sprechen wir? Wer legt fest, was nötig ist? Was muss unbedingt getan werden? – Ich bin nicht bereit, mich zum Sklaven meiner Wohnfläche zu machen. Es handelt sich bei

Hausarbeit, meiner Ansicht nach, vorwiegend um Sisyphos- Tätigkeiten, will heißen, dass sie sich ständig wiederholen, kaum, dass man damit fertig ist. Bei aller Sehnsucht nach Ordnung und Sauberkeit, solche Lebenszeitverschwendung gedenke ich klein zu halten. Nehmen wir mal Grundsätzliches. Wenn der Teppich schmutzig ist, wird er gesaugt, die Fliesen werden gewischt. Und nur dann. Die Meinung der anderen ist gespalten. Ein paar finden, dass man täglich saugen muss, weil das eben so ist. Bei diesem Argument platzt mir der Kragen. „Weil das eben so ist!" Was „ist" bestimme ich ja wohl selbst! Ella putzt ihre Fenster genau zwei Mal im Jahr: einmal im Frühjahr und einmal im Sommer, sagt sie. Sollten sie ihr zwischendurch nicht gefallen, kann sie das ja spontan ändern. Betten überzieht sie allerdings regelmäßig alle 14 Tage, im Sommer öfter. Meine Küche muss ich immer sauber haben. Deshalb putze ich sie täglich, ergänzt sie. Ja, und was macht ihr mit den Schränken und Geräten obenauf? Hier scheinen sich alle einig. Da lagert sich der ganze Kochdunst ab und verklebt mit

Staub zu einer breiigen, klebrigen Paste. Wenn man das nicht rechtzeitig entfernt, gründen dort die Milben Universitäten. Es hilft die gesamte Oberfläche mit Haushaltspapier oder gefalteter Zeitung abzudecken. Beides nimmt Kochdünste gut auf. Man kann später die Papierauflage einfach aufrollen und durch eine Neue ersetzen.

Irgendwann, wenn mir in den Sinn kommt „da oben müsstest du mal wieder", geht es los. Da fällt mir ein, das Flusensieb der Waschmaschine muss mal wieder. Sonst läuft das Wasser nicht mehr ab und man hat die schönste Schweinerei. Ja, das sollte man auch bei allen Abflüssen bedenken, wirft Bea ein. Man glaubt nicht, was Zahnpasta, Seife und Shampoo für schwarze Ungeheuer abgeben können. Regelmäßiges Durchspülen mit bekannten Haus-Mittelchen ist angeraten, wenn du nicht mit der Spirale – du weißt, welche ich meine – in dem, was da Gesellschaft bekommen hat, herumbohren möchtest.– Zurück zur Ausgangsfrage: Doch, wir haben zu tun. Aber alles zu seiner Zeit und was wir müssen oder was man eben so macht, bestimmt jede selbst. Es muss genug Zeit für Kaffeeklatsch & Co bleiben. Und ehrlich, so ein Weibertreffen ist doch manchmal wie Fortbildung, oder?

Eine neue Küche ist wie ein neues Leben....!

Herr Müller telefoniert mit dem Küchenhersteller: „ Ja, Müller hier. Ich möchte gern den Liefertermin nächste Woche abklären." „Welchen Termin?" „Den Termin für die Küche, die wir im Januar in Auftrag gegeben haben." „Ich schau mal." „Ne, da ist nichts." „Wie– da ist nichts? Kann ich dann bitte mit Herrn Klasen sprechen, der hat das aufgenommen." „Nein, leider nicht." „Wann kommt der denn?" „Gar nicht mehr." „Und was machen wir jetzt?" Herr Müller glaubt, er kriegt eine Krise.

Seine Nerven liegen blank. In seinem Zuhause ist das Unterste zu oberst gedreht. Seit 10 Wochen leben sie jetzt schon ohne Küche. Wasser- und Gasanschluss sind abgeklemmt-

Die Patina vergangener Jahrzehnte musste weichen. die Bodenfliesen sind raus, denn nun soll es ganz modern werden. Terrazzo, näh. Von den schönen, alten gelben Wandfliesen mit den Klebebildern drauf haben sie sich auch verabschiedet. Der Staub ist bis ins Schlafzimmer gekrochen. Unter der Woche kommen sie nach der Arbeit nicht mehr zu viel. Abendessen wird bestellt oder bei Freunden eingenommen. Hauptsache irgendwie! Am Wochenende schaffen sie dann mehr. Zwischendurch elende Rückenschmerzen vom Hantieren mit den schweren Maschinen.

„Eine neue Bestellung dauert,.. Sie wissen ja." Der Firma ist der Vorgang äußerst peinlich und sie versuchen alles Mögliche, um die Lieferzeit zu verkürzen. Die Zusage, die sie dann machen: Sonderanfertigung, weitere vier Wochen Vorlauf. Für die Zwischenzeit versprechen sie eine Spüle zur Verfügung zu stellen. Müller ist richtig sauer. Ohne Küche ist das Leben schwer. Wenn kein Wasser aus dem Hahn kommt, wenn kein Herd da ist.. Eine Microwelle steht jetzt im Arbeitszimmer, wo sich auf dem Schreibtisch auch das Geschirr türmt. Zum Hin- und Hertragen steht eine Plastikwanne bereit, denn abgewaschen wird in der Badewanne. Der inzwischen total renovierte Küchenraum wartet mit frischen Wänden und neuem Bodenbelag auf die Vollendung. Wer weiß, welche Ungereimtheiten sich beim Einbau der Schränke und Geräte noch ergeben. Man ist inzwischen skeptisch. Müllers brauchen Urlaub, wenn alles vorüber ist. Sie sind mit den Nerven zu Fuß. Frau Müller lacht nur hysterisch, als sie von dem Missgeschick erfährt. Inzwischen fragt sie sich, ob eine neue Küche wirklich nötig war. „Wir schaffen das schon", tröstet die Tochter des Hauses – eine wahre Hilfe – „Tschüs, ich bin bei Marcus zum Essen eingeladen.

Das Alter bringt es an den Tag

„Das regt mich so auf!" Sie steht neben sich. Wieder einmal kein Internet. Der Server wird nicht gefunden. Schon öfter gab es diese Meldung. Meist ging es dann nach einiger Zeit wieder. Aber es regt sie jedes Mal wieder auf. „Zum Mond fliegen können sie, das Internet am Laufen halten nicht!" – Der Schornsteinfeger ist nicht pünktlich. Wieder ein Anlass, sich zu echauffieren. „Ich will mich auf die Leute verlassen können! Wie geht der mit meiner Zeit um?" Auch, dass er sich wegen des Staus auf der Autobahn entschuldigt, ändert nichts. Mit zunehmendem Alter werden manche Menschen ruhiger. Sie können cool bleiben, weil sie ja nichts versäumen und den Abstand der Erfahrung haben. Andere jedoch rasten aus, sobald irgend etwas anders läuft, als sie es geplant haben. Ihre Welt bricht zusammen, wenn sich der Ablauf ändert. Flexibilität ist nicht die Schwester von Älterwerden. Überhaupt scheinen sich Eigenschaften jeglicher Art im Alter erst so richtig zu zeigen, Negative wie Positive. War jemand ein Leben lang knauserig oder gar geizig, wird er im Alter wahrscheinlich nicht plötzlich großzügig sein. Ein großzügiger Mensch wird sich nicht ändern, nur, weil er älter geworden ist. Ein eher vorsichtiger Typ wird nicht zum Draufgänger mutieren. Du kannst aber fast sicher sein, dass ein Besserwisser oder Bestimmer von Jahr zu Jahr penetranter wird. Das nimmt teilweise unglaubliche Formen an. Ein Gespräch zwischen Mutter und Sohn: „Ich werde nicht krank. Ich habe vier Impfungen und die Grippeimpfung dazu", sagt sie. „Ich auch", antwortet er. Sie im Brustton der Überzeugung: „Du bist doch gar nicht gegen Grippe geimpft!" Er: „Doch, das bin ich." Sie: „Na, das wüsste ich aber!" – Wie soll er da reagieren? Welch eine Unverschämtheit, die sie sich da herausnimmt. – Auch die Vergesslichkeit, will man nicht gern wahrhaben, deutet sie doch auf ein nicht mehr ganz fittest Hirn hin. Aus diesem Grund leitet man sie gern auf andere um: „Ich vermisse meinen Montblanc Füller", sagt sie, „du hättest doch fragen können. Ich hätte ihn dir schon gegeben. Aber dass du ihn einfach mitnimmst, finde ich nicht richtig!" „Ich habe deinen Füller nicht. Ich brauche ihn auch nicht, denn ich habe selbst einen." „Nun gib das mal zu! Wer soll ihn wohl sonst haben?" – Unerhört! Dass sie ihn verlegt haben könnte, kommt ihr nicht in den Sinn. – Auch der langsame Verlust des Gehörs wird nicht gern bestätigt. Schwerhörigkeit ist irgendwie „näh!". Die Nichte fragt ihre alte Tante etwas. Die reagiert nicht. Die Nichte wiederholt ihre Frage lauter. Als die Tante wieder nichts sagt,. zupft sie an ihrem Ärmel. „Tante, du hörst nicht! Ich hab dich was gefragt!" „Ich höre sehr gut, Kindchen, sprich du mal deutlich und nuschle nicht so, dann antworte ich auch." – Unverfroren! – Man soll das Alter ehren. In Asien ist das gar keine Frage, in unseren Breiten hingegen fällt das nicht immer leicht. Wahrscheinlich werden asiatische Kinder von Beginn an zu großer Toleranz und Güte erzogen, was ihnen genügend Spielraum für das ganze Leben gibt und auch eventuelles Ungemach des Alterns auszuhalten. Es ist halt Übungssache. – Ehrlich, ich merke ja selbst, dass sogar ich mit zunehmendem Alter zu jemandem mutiere, von dem ich noch nicht genau weiß, ob ich ihn überhaupt kennen möchte.

Steh-rum-chen

Zeig mir deine Wohnung und ich weiß, wie du tickst. Dass wir uns durch die Art, wie wir uns kleiden, outen, ist bekannt. Aber auch wie wir unsere Umgebung gestalten gibt Aufschluss über unseren Charakter und unsere Bedürfnisse. Mein Freund Heinz hat es gern gemütlich. Als alleinstehender Mann jenseits der 50 lebt er seit Jahren in einer 3-Zimmer Altbauwohnung. Die Einrichtung ist antik. Schwere, dunkelrote Vorhänge zieren die Fenster. Auf dem Sofa aus dem selben roten Velours drängeln sich zahlreiche Kissen. An den dunkelgrünen Wänden hängen Drucke von Alten Holländern. Man kennt sie, die Rembrands und Rubens, diese dunklen, fast schwarzen Bilder. Die Stehlampen mit Seidenschirmen und eine Deckenleuchte geben sich große Mühe, dieses Wohnzimmer zu erhellen. Mit eher geringem Erfolg. Heinz liebt Porzellanfiguren. Auf jedem Tischchen, in jedem Regal tummeln sich kleine und auch größere Kunstwerke dieser Art. Die größte Freude macht man Heinz mit so einem Porzellanteil. Dabei ist es egal, ob es sich um eine Tänzerin aus Meißen oder einen Gartenzwerg aus Bielefeld handelt. Heinz findet seine Einrichtung gemütlich. Gisela hält es bei Heinz nie lange aus. „Ich muss mal raus", japst sie nach spätestens zehn Minuten, „krieg keine Luft!" Die vielen Möbel, die schummerige Beleuchtung, die Menge der Steh-rum-dingse setzen ihr zu. Gisela ist Künstlerin. Nur in ihrem Studio trifft man auf buntes Allerlei. Die angrenzende Wohnung zeichnet sich durch eine große Leere aus. Großflächige Bilder an den Wänden, die wenigen, meist schwarzen Bauhaus Möbel, ein paar Antike Einzelstücke dazwischen, haben eine coole Ausstrahlung. Der Fußboden aus schwarzen und weißen Quadraten integriert die Einrichtung völlig. Steh-rum-chen sucht man hier vergeblich. Ella lebt in einer Wohnung voller

Pflanzen. Mancher fühlt sich wie im Gewächshaus. Eine Freundin befürchtet ständig, dass ihr aus den Blättern irgendwer in den Kragen fällt. Anhand dieser Beispiele können wir ablesen, wie grundverschieden wir Menschen sind. Wie würden Sie als Hobbypsychologe die Einrichtungs-Eigner analysieren ? – Vorsicht!

Ihr Ergebnis dürfte zum überwiegendem Teil von ihrem persönlichen Empfinden geprägt sein. Brauchen Sie um sich wohl zu fühlen viele hübsche Eyecatcher? Blumen? Bildchen, Steh-rum-chen. Dann unterstellen Sie Heinz, dass er sein Alleinsein durch eine gemütliche Umgebung gut erträgt. An den Steh-rum-chen hängen Erinnerungen, die alten Möbel sprechen von Dauerhaftigkeit. Neigen Sie selbst aber zum Purismus, dürfte ihre Analyse ganz anders ausfallen. Sie würden Heinz' Möbel als barocken Kitsch empfinden und ihren Eigner in die verstaubte, konservative Ecke stellen. Bedenklich wird es erst, wenn wie bei einem Bekannten, nichts in der Wohnung herumliegen, -stehen oder -hängen darf. Die Regale sind leer, die Tische auch. Man findet in der Küche nichts auf den

Flächen. Wüsste man es nicht besser, wäre die Diagnose : unbewohnt. Hier traut sich offenbar jemand nicht, seinen Bedürfnissen nachzukommen oder noch schlimmer, er kennt sie womöglich gar nicht. Der Bewohner dieser Ordnung findet sein Ambiente perfekt. Bloß keine „Unordnung". Eines muss uns Hobbypsychologen klar sein: Wir können auch nach ausführlichen Ausflügen unserer Fantasie komplett falsch liegen. – Nur bei den Steh-rum-chen, da bin ich mir total sicher, wie auch über die Tatsache, dass Sie jetzt über Ihre eigene Wohnung nachdenken!

Entweder oder...

Wir müssen Energie sparen! Jeder ist aufgefordert, zu überprüfen, wo er Verschwendung mindern kann. Mancher sitzt abends jetzt bei Kerzenschein vor dem Fernseher. Das kann ja auch gemütlich sein. Nur für Muttis Strickstrumpf ist das nicht hell genug und Oma kann nicht dabei lesen. Dumm gelaufen. Wenn die Folge von Licht-Sparen also drauf hinausläuft, dass die Familie sich in der ganzen Wohnung verteilt, damit jeder das machen kann, was er möchte, ohne sich die Augen zu verderben, ist das kein Spareffekt und der Gemütlichkeit wenig zuträglich. Zumal wenn man bedenkt, dass das Tageslicht sich von jetzt an immer früher verabschiedet. Eine Lösung wäre vielleicht, dass sich in einem Mietshaus Interessengruppen bilden. Die Fernseher treffen sich bei Müllers, die Stricker bei Meyers und die

Leser bei Bergers. Dann müsste jeder Haushalt nur Energie für einen Raum aufbringen. Das wäre auch für die Heizkosten recht effizient, denn es bräuchte dann pro Haushalt nur noch ein einziger Raum beheizt zu werden. Nun, wer beim Schlafengehen vor lauter kalten Füßen nicht einschlafen kann, hat dieser Tage ein Problem. Das Schlafzimmer bleibt kalt. Das Heizkissen ist ein Stromfresser. Die Familie geht zu unterschiedlichen Zeiten schlafen. Ein Mittel wäre, sich eng aneinander zu kuscheln und Gruppenwärme zu erzeugen. Ich weiß nur nicht, ob Frau Berger , die in der 22:30 Gruppe ist, ihre Füße an Herrn Müllers und Frau Meyers wärmen möchte. Solche „Gruppen-energie-effizienz-versuche" können Menschen einander aber auch beträchtlich näher bringen, was ja sozial-ethisch gesehen wünschenswert wäre. Nur wenn Frau Meyer sich unwohl damit fühlt, dass Herr Müller auch im Winter unbekleidet ins Bett geht und Frau Berger des nachts nicht nur ein dickes Molton-Nachtgewand trägt, sondern auch eine Schaffellmütze, dann haben sie ein Problem. – Aber es geht ja dieser Tage nicht nur um

Energieeffizienz und -einsparung im Haushalt. Man fragt sich, ob man es verantworten kann, eine Weihnachtsbeleuchtung anzubringen. Darf man all die strahlenden Lichterketten in die Büsche hängen, damit es eine schöne und verbindende Weihnachtszeit werden kann? – Schau mal, Bergers haben wieder ihren blinkenden Disco-Weihnachtsmann im Fenster! Wie niedlich! Das dürfen die, ist ja nur einer. Aber was ist mit dem total belichterten Haus nebenan? Sind das Verschwender! Wozu verzichten wir auf alles Schöne in diesen belastenden Zeiten, wenn die den Strom in die Nacht blinken? – Das Autofahren kostet momentan auch Unsummen, weil die Benzinpreise sich ins Unendliche schrauben. Fahrgemeinschaften ergeben sich nicht immer, was zur Folge haben wird, dass mancher nicht mehr regelmäßig an entfernte Orte, wie z.B. zum Sport, fahren kann. Infolgedessen entwickelt sich seine körperliche Fitness stetig zurück und er wird eine Belastung für seine Krankenkasse. Die müsste bald die Beiträge erhöhen um noch effektiv arbeiten zu können. Infolge des Versuches eines einzigen vernünftigen, energieeffizienten Verhaltens würden alle Versicherten bestraft. – Sie sehen, es ist dieser Tage gar nicht so einfach, alles richtig zu machen. Vielleicht sollen wir die Kirche im Dorf lassen und uns an ein paar einfache Regeln halten: Licht aus, wenn keiner im Raum ist. Heizung um ein paar Grad reduzieren. Keine Geräte auf Standby, unnötige Fahrten verschieben. Alexa, die Herrin des Smart-Homes, wird dann allerdings arbeitslos. – Trotz alledem hängen wir ganz ganz viele Lichterketten auf. Die brauchen wenig Strom und sind so schön, dass es einem gleich wärmer ums Herz wird!

Der Schwarze Mann liebt Negerküsse

Politisch korrekt soll unsere Sprache sein. Jede Art Diskriminierung muss vermieden werden. Die Unterstellung, man sei rassenfeindlich, hört man schnell. Zwei Busse einer überwiegend farbigen Musicaltruppe werden vom Zoll einer Drogenkontrolle unterzogen. Sofort unterstellen die Darsteller, dass gezielt die Fahrzeuge mit Farbigen Insassen kontrolliert worden wären. – Es handelte sich aber um eine willkürliche Auswahl von Fahrzeigen auf der Autobahn. Allerdings sind diese Art Kleinbusse bei Drogenkurieren beliebt, so dass der Zoll wahrscheinlich sensibilisiert war. – Schüler unterstellen, dass sie wegen ihrer Herkunft schlechtere Noten bekommen. Dass nicht ihre Herkunft, wohl aber ihre mangelnde sprachliche Kompetenz oder ein gehöriges Maß an Faulheit der Grund für ihre schwache Arbeit sind, blenden sie gern aus. Sportlehrer müssen ihre Stundeninhalte jetzt auch politisch korrekt gestalten. Mal eben zum Abschluss mit den Viertklässlern „Plumpssack" spielen geht gar nicht! Das Kreisspiel „Der Plumpssack geht um.." kritisiert die Mutter eines übergewichtigen Kindes, beleidige ihren Sohn. Das Kind ist eindeutig zu dick. Aber das Wort ‚dick' ist auch schon wieder verboten. Wie sagt man das korrekt? – ‚Wer fürchtet sich vorm schwarzen Mann?', ein anderes sehr beliebtes Gruppenspiel, fällt auch flach. Oder fällt Ihnen ein alternativer Titel ein? ‚Wer fürchtet sich vor dem dunkel pigmentierten Mann?' ist doch Mist, hieße es doch immer noch, dass diese Art Mann zum Fürchten ist. – Obwohl Negerküsse köstlich sind, vor allem auf Butter-Brötchen, sollen wir nun Schaumküsse sagen. Bei dem Wort „Schaum" vergeht mir allerdings die Lust darauf. – Obwohl bei Karl May immer die Indianer die Guten sind, darf ein Buch über den kleinen Winnetou wegen politischer Inkorrektness nicht auf den Markt. Cowboy und Indianer beinhaltet nicht, dass auch Indianer Cowboys sein können. Und bei alledem dürfen wir die richtige Bezeichnung der Geschlechter nicht vergessen. Einfach macht es sich ein Schild, das ich in einer Behörde sah >Nur für Mitarbeitende<, aber sind Mitarbeiter und -innen immer auch -ende?- Das „ende" funktioniert nicht immer so gut wie hier: Lehrerinnen und Lehrer sind Lehrende.

Nein heißt nein!

Jedes Jungtier folgt seinen Eltern. Entfernt es sich zu weit, ertönt ein Pfiff. Zu groß ist die Gefahr für den noch unerfahrenen Nachwuchs. Spielerisch lernen Tierkinder, was Sache ist. Sie lernen, wie man Essen besorgt und wie man es frisst. Sie lernen, was Spiel und was Ernst ist und wie weit sie gehen dürfen, bevor es einen Hieb mit Mutters Pranke oder einen Zwicker mit dem Schnabel gibt. Elterntiere sind Vorbilder für die Jungen. Diese orientieren sich an ihnen und lernen so, wie das Leben funktioniert. Sie lernen Grenzen zu beachten, zur Not auch mit Nachdruck, denn das ist überlebenswichtig. Viele Monate folgen die Tierkinder ihren Eltern, bis sie soweit sind, dass sie die Welt allein bewältigen können.

Wenn ich mich so umsehe, scheint das heutzutage bei Menschenkindern anders zu sein. Viele dürfen von Geburt an allein entscheiden, was sie wollen oder nicht. Sie prägen auf diese Weise nicht nur das Familienleben, sie lassen die Umwelt auch ungebremst an ihrem Benehmen teilhaben. Warum glauben so viele junge Eltern, dass das richtig ist? Ein Kind, das keine Vorbilder hat, das keine Anleitung bekommt oder das keine Grenzen kennenlernt, hat es schwer. Ein Kind, das nicht geübt hat, zu gehorchen, bringt sich leicht in Gefahr. Die Aufgaben von Menschen-Eltern sind ähnlich vielfältig wie die von Tier-Eltern. Solche, die ihrem Nachwuchs nicht helfen, das Leben kennen zu lernen und ihm keine Grenzen setzen, überfordern ihn. Kleine Kinder können noch keine Entscheidungen treffen, bevor sie für und wider geübt haben. Beispiel: Kleinkinder wollen häufig nicht ins Bett, obwohl sie sehr müde sind. Sie brauchen aber geregelte Schlafenszeiten, am besten zu Hause in ihrem eigenen Bett. Es ist für Eltern zuweilen anstrengend, konsequent zu bleiben. Kleinkinder gehören am Abend jedenfalls nicht in Restaurants, wo sich zurecht Gäste über das Nölen und Weinen übermüdeter Babys beschweren. Kinder schauen sich bei ihren Eltern ab, wie alles geht. Wenn sie bei Tisch andere mit der Gabel stechen, reicht es nicht, 27 mal „Lass das bitte" zu sagen. Einmal mit Erklärung „das tut weh, das darfst du nicht tun" reicht. Wer keine Konsequenz zeigt, hat von Anfang an verloren. Da ihre Eltern nicht mit den Händen in den Teller greifen und die Nudeln aus der Hand essen, da sie sich auch das Pesto nicht in die Haare schmieren, lernt ein Kind, wozu es eine Gabel gibt und dass man von den Nudeln mehr hat, wenn man sie in den Mund schiebt, statt sie sich ins Gesicht zu kleben. Alle Eltern haben das Recht auf eine schöne Wohnung. Darum wird der Nachwuchs nicht gelobt „oh wie schön er malen kann!", wenn er die Wohnzimmertapete mit Buntstift verschönert. Eltern machen klar, dass sie diesen Geschmack nicht teilen. Dafür gibt es einen großen Block Papier, der bemalt werden darf. Kinder lernen auch, wie man miteinander spricht. Darum seien Eltern gewarnt, die sich gern im Ton vergreifen. Wenn Sie nicht wollen, dass Ihr Nachwuchs Ihren Chef als „elenden Wichser" betitelt, verwenden Sie besser eine andere Umgangssprache. Wir müssen nicht tausende von Beispielen auflisten. Es reicht, dass Sie eines wissen: „Nein ist nein, und das mit Konsequenz". Wenn sie sich daran halten, haben Sie für ihr Kind, was Früh-Erziehung betrifft, alles getan. Erklärungen sind gut, aber bitte in Maßen. Durch zu viel Reden machen Sie es Ihrem Kind unnötig schwer, die Kern-Botschaft zu erkennen. Wenn es Ihnen zu anstrengend erscheint, ein Kind zu erziehen, wenn Sie glauben, Kinder brauchen von Beginn an Entscheidungsfreiheit oder wenn Sie annehmen, dass Laissez-Faire der richtige Weg ist, lassen Sie die Finger davon! Kaufen Sie sich lieber einen Hund. Da weiß jeder, dass man den erziehen muss, weil er sonst nämlich beißt.

Pack ein, das passt noch rein!

Ich bin schon fertig, Liebes. – Fertig? Womit? – Na, mit Kofferpacken. – Das ist schön für dich, Schatz. Ich brauche noch.... Kann ja wohl nicht angehen, denkt sie. – So oder so ähnlich kennen Sie das auch? Wer da schon gleich fertig ist, ist klar: ER. Das geht ruck-zuck. Fünf Hemden, eine Windjacke, fünf Paar Socken, Fünf Unterhosen, zwei Pullover, zwei Hosen (eine Sport-), ein Paar Schuhe, Badehose, fertig. Für fünf Tage am Chiemsee reicht ihm der kleinste Koffer. Sie hat inzwischen ihr gesamtes Zimmer mit Kleidern dekoriert. Fünf Tage, das bedeutet für sie, fünf Tage + vier Abende. Jeder Tag hat mehrere Phasen. Wandern, Stadtbummel, Nachmittagstee oder Fitness, da braucht sie nicht nur ein Outfit. Es kommt ihr auch darauf an, dass alles farblich zusammenpasst. – Liebes, wir machen keine Kreuzfahrt! Pack ein, und gut ist! ruft er hinauf. Sie schnauft genervt vor sich hin. Typisch Mann! Keine Ahnung! Dann überprüft sie erneut, es ist wohl das vierte Mal, was womit zusammenpasst. Soll sie beigefarbene Sachen überhaupt mitnehmen? Vielleicht lassen sich die Grauen besser mit den anderen kombinieren? Verdammt, wo ist der schwarze Rock? Ohne den geht gar nichts. Sie verschwindet im Schrank und sucht. Nach zehn Minuten am Rande der Verzweiflung findet sie das gesuchte Stück unter einer Bluse. Wie fein ist das Hotel wohl? Was soll sie zum Abendessen tragen? Und das Wetter kann sich auch nicht entscheiden, ob es nun ein warmer, sonniger September werden soll oder doch ein nasskalter Sommerausklang. So stellt sie sich auf beides ein, was natürlich erheblich mehr Gepäck bedeutet. Nun noch ein wenig Schmuck und ein paar passende Gürtel – verdammt! – sie hat die Schuhe vergessen! Es werden dann doch 5 Paar. Und noch ein paar große Umschlagtücher. Die machen sich bei jedem Wetter gut. Tatsächlich lässt sich der Koffer schließen, als sie sich draufsetzt. Später hört sie ein Stöhnen von der Treppe. – Meine Güte! Hast du die Terrassenplatten mit eingepackt?- fragt er, wohl wissend, dass dieses Eis dünn ist. Aber weit gefehlt. Sie ist so froh, dass sie alles verstaut hat, dass sie ihm nur milde gestimmt eine Kusshand zuwirft. Natürlich genießt er es auch, wenn sein Weib die Blicke auf sich zieht. Sie hat schon Geschmack, das muss er zugeben. Aber seiner Meinung nach übertreibt sie ein wenig. – Ich möchte betonen, dass es nicht immer die Frauen sind, die Farbempfinden und Kenntnis von Etikette und situationsgemäßer Kleidung haben. Mancher Mann steuert – natürlich diplomatisch geschickt!– sein Weib durch so lebenswichtige Entscheidungen wie die Wahl der Farbe eines Gürtels. Dennoch: Vielleicht sollte es für Frauen und Männer unterschiedliche Gepäcknormen z.B. für Flugreisen geben.... – Kommen die Damen mit 30 kg aus? Dann könnte man für Herren-Tickets ein Limit von 10 kg Gepäck andenken, oder?

Wenn du es willst!

Das Leben zu mögen ist manchmal nicht leicht. Zwei liebten sich und du wurdest geboren, aber du wurdest nicht gefragt, ob du das überhaupt wolltest. Du musst dich hineinfügen und es annehmen, dein Leben. Das ist nun dein Schicksal. Wenn's gut läuft, ist alles keine Frage. Treten aber Komplikationen auf, ziehst du dich zurück und würdest gern verzichten.

Ein Beispiel: Eine berufliche Veränderung war überfällig, denn glücklich warst du in deinem Job schon lange nicht mehr. Nun wurdest du entlassen und konntest den Zeitpunkt des Wechsels nicht mehr selbst entscheiden. Das setzt dir zu, lässt dich hilflos in dieser Situation herumrudern. Es braucht Zeit, bis du die Kraft findest, ein neues Ziel ins Auge zu fassen.

In einer solchen Lage verlierst du manchmal den Blick dafür, was dir wichtig ist. Niedergeschlagenheit und schwarze Schatten überlagern dein Gemüt. Leider wirkt sich das auch auf deine Umgebung aus. Weil du alles dunkel siehst, bist du voller Kritik. Du wirst zur Spaßbremse, bist launisch und schwierig, für andere schwer zu ertragen. Deine Familie versucht, dir zu helfen, dich aufzubauen, du aber machst dicht und lässt niemanden mehr an dich ran. Du ziehst dich zurück und langsam vereinsamst du. Du erklärst den Rotwein zu deinem besten Freund. Mit jedem Glas spülst du deine Sorgen in dich hinein. Du isst auch zu viel, vielleicht ein Ersatz, eher jedoch der unbewusste Versuch, dir eine Wand aus Speck zuzulegen. Je dicker diese Wand wird, desto größer wird dein Abstand zu den anderen und du verklebst mit deinen Problemen. Du kannst dich aus deiner Lage befreien, wenn du dich jemandem öffnest. Sei mutig. „Hilf mir!" zu sagen, ist keine Schande. Vielleicht hast du auch das Glück, dass dich ein Freund mutig wachrüttelt, obwohl es dich schmerzt. Dass er dich schüttelt „he, wach auf, tu was!" Nur wenn du diese Chance erkennst, wirst du auch aktiv werden, wirst du die Energie aufbringen, deine Lebensführung zu ändern. Du kommst auf den Boden der Realität zurück und machst einen Plan, der deinem Leben nicht nur Halt, sondern auch eine neue Richtung gibt. Das ist unendlich schwer, aber mit jedem Tag, den du mutig beginnst, schärft sich dein neues Wohlbefinden. Das gibt dir Halt, wirkt wie ein immer besser sitzendes Korsett. Aufrecht und doch zunehmend entspannt gehst du in den Tag. Du hast wieder Hoffnung. Du kannst wieder frei atmen. Manchmal birgt ein Tiefpunkt, eine scheinbare Ausweglosigkeit eine ganz neue Chance, – Alles wird gut, wenn du es willst, denn du bist nicht allein und alles kommt sowieso so, wie es soll.

Geschenktem Gaul guckt man...........

Es kommt nicht von ungefähr, dass für manche schenken und verrenken recht ähnlich klingt. Gelegenheiten gibt es viele, aber zwei Anlässe hat wohl jeder Mensch, zu schenken oder beschenkt zu werden. Das sind Weihnachten und Geburtstag. Regelmäßig bedeutet es Stress und endet in der problematischen Klärung eines Wunsches. „Nun sag doch mal, was wünscht du dir?" „Ich wünsch mir nichts." „Das ist nicht nett. Du machst es mir schwer." – Wer sich nichts wünscht, verursacht Stress. So weit kommt das noch! Grundsätzlich sollten wir uns fragen, was uns Geschenke und ganz speziell das Schenken bedeutet. Wenn es zur Pflichtübung verkommt, wird es Zeit umzudenken. Materielles zu schenken kann manchmal Sinn machen. Meist hat man aber schon alles und

Geschenke arten in den Erwerb von Luxus-Schnick-Schnack aus. Ein großes Geschenk ist deshalb Zeit. Zeit zu verschenken, bedeutet Wertschätzung. Eltern und Großeltern werden sich freuen, wenn Kinder und Enkel sich Zeit für sie nehmen. Normalerweise sinkt die Zahl der gemeinsamen Tage, wenn Kinder erwachsen werden. Familienleben reduziert sich auf Mails und Telefonate. Wenn also Zeit verschenkt wird, ist das ein großzügiges Geschenk. Diese Zeit bedeutet zuhören, Interesse zeigen, dem anderen Wichtigkeit geben. Sie bedingt auch, dass du gleichzeitig nicht deinen eigenen Belangen nachgehen kannst und zugunsten des Beschenkten darauf gern verzichtest. Ein anderes gutes Geschenk ist ein Erlebnis. Nun wirst du die schwerhörige Tante nicht ins Konzert einladen und deine Schwester, die gerade mit einer Diät kämpft, nicht zum Schlemmermenü. Aber auch für Satte und die, die alles haben, findet sich eine gemeinsame Unternehmung oder ein besonderes Zusammensein. Ob der Beschenkte sich freuen wird? Ich kann Freude jedenfalls nicht heucheln, so wie damals, als ich ein grottenhässliches Nachthemd zu Weihnachten bekam. Eine schwierige Situation! - Einmal schenkte mir jemand zwei selbstgetischlerte Schubladen für meine uralte Nähmaschine. Darüber habe ich mich irre gefreut. Nicht nur, weil sie so schön waren, sondern auch, weil er sich die Zeit genommen hatte, sie zu bauen. Eine berufstätige Mutter freut sich schon über ein „freies" Wochenende. „Du kannst ausschlafen und brauchst dich um nichts zu kümmern. Wir übernehmen." Mein Mann ist supergespannt, was ihm zu seinem Geburtstag nächste Woche blüht. Ich kann Ihnen hier jetzt natürlich nichts verraten, aber er wird total überrascht sein, so viel ist schon mal sicher. – So oder so...

Du hast einen Lieblingstag?

Viele Menschen haben Vorlieben, was die Wochentage angeht. „Näh, den Montag kann ich gar nicht leiden! Das Wochenende in weiter Ferne, im Büro alle genervt, boah, die ganze Woche liegt vor einem:" – „Den Montag finde ich am besten. Da geht es wieder los!! Ich arbeite gern, habe prima Kollegen. Darauf freue ich mich." „Freitag gefällt mir. Der macht Schluss mit der Woche, macht Freude auf Freizeit, Ausspannen, Ausschlafen." „Sonntag finde ich richtig doof. Da ist alles vorbei. Der fühlt sich irgendwie leer an." – „Ist doch Quatsch, die ganze Diskussion über gute und schlechte Tage. Ein Tag ist ein Tag. Er wird so, wie er werden soll. Ich gebe mein Bestes, um ihn gelingen zu lassen. Es ist schließlich ein Tag meines Lebens. Da will ich doch, dass es ein guter

Tag wird. Und wenn wirklich mal was schief geht, freue ich mich auf den nächsten Tag. Der wird dann wieder besser. Tage, Monate, Jahre – sind Lebenszeit. Ist ein Tag vorüber, kannst du ihn nicht zurückdrehen. Vorbei! Hast du eine Chance verpasst? Eine Gelegenheit verstreichen lassen? Ein Angebot nicht genutzt? Bist du enttäuscht? Hast du mehr erwartet? Oder sagst du Danke? Danke, dass ich diesen Tag hatte, auch wenn ich ihn mir anders gewünscht hätte. Ich habe mich entschieden, mein Leben zu lieben, komme, was wolle. Ich weiß, dass nach jedem Tal auch wieder ein Anstieg kommt, dass es Berge nur dann geben kann.

Ein Zwilling ist kein Geschwisterkind.

Zwillinge sind zwei Kinder, die zur gleichen Zeit geboren werden – Na und? Manche meinen, das sei praktisch, denn man hat zwei Kinder mit einem Schlag. Andere finden es schwierig, gleich zwei Münder zu füttern. Das Wort „andere" bekommt bei diesem Thema eine besondere Bedeutung. Es gibt von Geburt an zwei Gruppen: die Anderen und die Zwillinge. Andere sind tatsächlich alle anderen, sogar die Eltern. Die Zwillinge bilden eine eigene Gruppe. Bei zweieiigen Kindern mag das nicht so gravierend sein, denn sie haben sich aus zwei Eiern entwickelt und sind folglich tatsächlich Geschwister, die zur gleichen Zeit auf die Welt kommen. Handelt es sich bei der Mehrlingsgeburt jedoch um eineiige Zwillinge, also um zwei Kinder aus derselben, geteilten Zelle, hat das Folgen.

Zwillinge sehen nicht nur äußerlich nahezu identisch aus, sie ähneln sich auch in ihrer Psyche. Das Bewusstsein, dass der andere immer da ist, gibt dem Zwilling eine grundsätzliche Sicherheit. Dieser andere ist praktisch er selbst. Er ist sozusagen seine zweite Hälfte. Manche Zwillinge führen identische Leben, was ihre Ehen und ihre Umgebung angeht. Sie leben in engem Kontakt miteinander. Es kommt vor, dass einer einen Satz beginnt und der andere ihn fortsetzt. Oft fühlen sie auch identisch. Undenkbar, was mit einem Zwilling geschieht, wenn seine zweite Hälfte stirbt. Ich kann nur vermuten, denn ich bin kein Zwilling. Ich denke aber, er muss sich verletzt fühlen, weil ein Teil von ihm fort ist. Verletzt und auch verlassen, unvollkommen jetzt. Mit dem morgendlichen Aufstehen bis zum Schlafengehen am Abend nur ein halber Mensch zu sein, das ist hart. Da hilft auch die Zwiesprache mit dem Verstorbenen wenig. Der Hinterbliebene zählt Jahre, Monate und Tage seiner Einsamkeit, jeden Tag. – Und niemand kann helfen…

...als wäre ich 105 Jahre alt!

Fällt dir auch auf, dass du dich, je älter du wirst, immer häufiger über Wehwehchen und Krankheiten unterhältst? Viele Bekannte jenseits der magischen Grenze „60" haben Bluthochdruck, Ärger mit dem Cholesterin oder inzwischen Ersatzteile im Körper. Die dritten Zähne kommen heute oft in Form von Implantaten daher und sind als solche kein Problem. Anders die Kunststoffteile, die man zum Reinigen herausnimmt und danach mit Haftcreme wieder einsetzt. Vor diesem Schritt hält man so lange an dem letzten eigenen Zahn fest, wie es nur geht. Auch künstliche Gelenke, wie Knie oder Hüfte, sind heute kaum mehr ein Problem. Sind die eigenen abgenutzt, wird der Austausch fällig.

Gut ist, wenn du selbst merkst, wo es bei dir hapert. Peinlich dagegen, aber gut gemeint, wenn dir eine Freundin im Vertrauen die Hand auf die Schulter legt und dir ins Ohr flüstert: „Meinst du nicht auch, du solltest eine Perücke beantragen? Man sieht hinten schon überall deine Kopfhaut." – Älter werden heißt jedoch nicht, dass du aufgeben darfst. Glaube nicht, dass es für die Füße, die dich bisher durch dein Leben getragen haben, nun, wo sie einen Hallux haben, nur noch Gesundheitsschuhe in frechem Beige mit Gummisohle gibt. Da geht mehr! Du musst auch nicht, nur weil du die 70 überschritten hast, zu kräftigem Rot oder Pink greifen. Diesen letzten Versuch, gesehen zu werden, kannst du dir schenken. Er führt ins nirgendwo, wo du dann doch wieder auf freundliches Grau oder Beige kommst. Gönn dir eine Farb- und Stilberatung. Im Alter ändern sich Haut- und Haarfarbe und das hat andere Kleiderfarben zur Folge, als die, die du gewohnt warst. – Kleidung und Styling sind das eine. Das andere ist dein Wohlbefinden. Wahrscheinlich steigst du nicht mehr gern auf die

Leiter und putzt im 2. Stock deine Fenster. Auch das Staubsaugen wird zur Kraftübung und die Matratze allein zu drehen, unmöglich. Auch wenn es dir schwerfällt, das alles zu akzeptieren, tu dir Gutes, genieße deine Tage, und zwar jeden! Bedenke, jeder ist der erste vom Rest deines Lebens. Eine Freundin regte sich auf über ein Kondolenzschreiben folgenden Inhaltes: >Er ist nun der erste in der Kette der Freunde, der gehen musste. Carpe Diem, denn jeder von uns kann der nächste sein<. Aber hat der Verfasser nicht recht? Alles was dir im Alter noch Schönes begegnet, ist Bonus, ist eine Zugabe auf dein Leben. Lass uns dieses Extra dankbar annehmen und nutzen. Es gibt noch Zeit genug, sich „alt" zu fühlen. – Später! – Auch wenn du jetzt schon so manchen Morgen beim Aufstehen das Gefühl hast, du wärest gerade 105 geworden.

Kann das weg?

„Heute bleiben wir zu Hause und räumen auf",
verkündet er nach dem Frühstück. „All diese
Gläser, Pütt un Pann können doch in den Keller.
Dann haben wir hier oben mehr Platz. „Warum
sollten all meine schönen Gläser in den Keller?",
antwortet sie empört. „Na, weil die kein Mensch
braucht!" „Na hör mal, du vielleicht nicht!" Und
schon ist Stress in der Hütte. Er neigt dazu, all das,
an dem sein Herz nicht hängt, zu verbannen, am
besten gleich total. Sie sammelt Schönes. Da
bekommen die Gäste ihren Grappa aus antiken
Gläsern und freuen sich über die schönen Formen.
Das Dessert präsentiert sich in Meissener
Schüsselchen. „Mach doch deinen Kram
allein!" schimpft er, „Wenn ich schon wieder keine
Ahnung hab." Dann räumen sie aber doch

gemeinsam. Sie ist bereit, einzelne Teile zu entfernen. „Die bringe ich morgen zur Deponie", schlägt er vor. „Ne, da weiß ich was Besseres", unterbricht sie ihn. Wir geben das ins soziale Kaufhaus." – Nun haben sie Platz im Schrank. Wie lange wird es dauern, bis der sich wie von Zauberhand wieder gefüllt hat? Jeder hat wohl solche „Ecken" in der Wohnung, die er öfter mal überprüfen sollte. Ganz oft wird man feststellen, dass Dinge, die man dort gehortet hat, anderen noch nützen könnten, während man selbst sie von rechts nach links schiebt. Geschirr, Gläser, Bestecke (das Große von Oma!) aber auch Bettwäsche, Tischtücher und vor allem Kleidung. Wer die second hand anbieten will, sollte sich gut informieren. „Normale" Sachen verkaufen sich schwer oder zu sehr kleinen Preisen. Da bietet sich an, sie zu verschenken. Wer Designer Kleidung weiterverkaufen möchte, kann das selbst auf Internetportalen tun oder den Verkauf Profis übertragen. In der Regel ist das Selbermachen finanziell einträglicher. Die Luxus-Portale werden dagegen häufiger besucht. Die Gefahr, dort gleich

Nachfolgemodelle für die Aussortierten zu bestellen, ist groß. „Schau mal, Schatz, hier ist eine zaubersüße Lederjacke im Netz..." Ein Stöhnen kommt aus dem Schrank. „Wollen wir mal schauen, wie viele Lederjacken sich hier schon drängeln? – Davon können doch bestimmt drei weg, oder?" „Wieso das denn?" fragt sie empört. – „ Du gibst eine weg und holst zwei Neue dafür. Wann willst du die tragen?" „Das verstehst du nicht!" – Dann sie: „Schau mal, hier sind gleich drei Schraubenzieher Gr 2. Brauchen wir die alle?" „Das ist Werkzeug, das braucht man immer."– „Hast du die Kolumne schon gelesen? Kann die weg?" „Du weißt, dass ich die sammle?" – Was wer entbehren kann, ist sehr unterschiedlich und verlangt zuweilen schmerzhafte Kompromisse. Aber woran sein Herz hängt, entscheidet jeder nur für sich selbst. Es ist leicht, sich von Dingen zu trennen, die einen nicht interessieren. Es geht um die anderen! –Die Entscheidung, ob man sich weiter damit abgibt oder lieber nicht, betrifft zuweilen auch Bekanntschaften. Empfindest du dein Engagement als einseitig, findest du, dass die andere sich zu wenig einbringt, prüfe das genau, bevor du entscheidest –kann sie wirklich weg?

Männer ticken anders – Frauen auch.

Typisch „Mann"! – Frau weiß, was ich meine. Oft ticken Männer und Frauen völlig verschieden. Du hängst dein Handtuch an den Haken und betrittst die Dusche im Sportclub. Was du siehst, ist keine Überraschung. „Typisch Mann", denkst du. Frau ahnt schon, was das bedeutet. Die Dusche wurde offensichtlich von einem Mann gebaut, denn der Duschkopf ist in einer Höhe von ca. 2.30 Meter fest installiert. Männer duschen so, Frauen nicht. Die haben es nicht so gern, wenn kurzes Duschen nach dem Sport gleichbedeutend ist mit Frisur ruiniert, Gesicht abgeschminkt, und alles nur, weil der Wasserschwall sich von oben ergießt und nicht zu lenken ist. Die planende Frau gestaltet eine Dusche so, dass es mindestens einen zweiten, beweglichen Duschkopf gibt, der es den Damen nach dem Sport ermöglicht, auch nach dem Duschen noch am gesellschaftlichen Leben teilzunehmen. Will heißen, mit heiler Frisur, intaktem Make-up und trotzdem sauber. – Wie oft hört sie „Ach Schatz, mach das doch einfach so. Das ist doch ganz einfach!" Leider betrachtet er das Problem und seine Lösung nur von der eigenen, männlichen Warte. Er kann nicht verstehen, warum sie Schwierigkeiten hat, wo es doch für ihn ganz simpel ist. Andererseits fallen ihr Aufgaben leicht, die sie intuitiv als Frau schnell durchschaut, während ihm schlicht das Verständnis dafür fehlt. Die meisten Frauen sind beispielsweise multi-task-fähig. Das bedeutet, dass sie mehrere Dinge gleichzeitig erledigen können. Es ist für sie ein Klacks, während sie am Herd steht und ein leckeres Mahl bereitet, Pfannen und Töpfe nebenbei gleich wieder abzuwaschen und wegzustellen, mit ihrer Mutter zu telefonieren und dem schreienden Baby den Schnuller zu suchen. Er kocht hervorragend, hat allerdings später gut zu tun, die Küche, übersät mit Spritzern, Eingebranntem und benutztem

Geschirr, wieder aufzuklären. Zwischendrin schreit das Baby und er kümmert sich. Er kann gut mit Kindern! - Schatz, was stinkt hier so, es brennt was!- Ups, ich hab nur nach Baby gesehen. – Das war wohl für das Schnitzel zu lange. – Wenn der Computer mal wieder spinnt, kommt ihr seine Coolness allerdings sehr entgegen. Er scheut sich nicht vor der Technik und probiert, wo der Fehler liegen könnte. Sie fürchtet sich davor, womöglich etwas kaputtzumachen, weshalb ihr sofort der Schweiß ausbricht. – Natürlich male ich hier schwarz-weiß, natürlich gibt es sie, die technisch begabte Frau und den multitaskfähigen Mann. (bitte melden!) Und nun noch eines obendrauf. Frau stichelt selbst gern über andere, genießt jedoch sich zu empören, wenn ihr Mann sich über andere lustig macht. Wer im Glashaus sitzt, denkt sie. Sie straft seine Überheblichkeit mit Bosheit. Er: Ich geh im Urlaub nicht im Kurbad schwimmen. Da kannst du allein hingehen! Das Durchschnittsalter ist da 80! Schrumpeln steckt an! Sie: Du hast Recht, wir werden im Alter nicht schöner. Aber lässt sich denn gegen deinen Bauch und dein Doppelkinn gar nichts tun? – Ich finde, so verschieden sie auch sind, Frauen und Männer ergänzen sich doch manchmal perfekt!

Zum letzten Mal…

Wenn etwas gut läuft, möchte man gern, dass es niemals zu Ende geht. Denken Sie an Ihren letzten Urlaub. Sie dachten, das könnte gern so weitergehen, wie in diesen Tagen? Jeder von uns lebt in seinem persönlichen Rhythmus. Jeder pflegt eigene Gewohnheiten. Man richtet sich ein, man erfüllt sich Wünsche. Freunde finden sich, man pflegt einen Bekanntenkreis. Man ist Mitglied in einer Sportgruppe oder einem Verein, man übt ein Ehrenamt aus. Und wenn man Glück hat, dann fügt sich alles so zusammen, dass man es nicht mehr anders möchte. Die Beständigkeit gibt uns Sicherheit. Das könnte einer als konservativ und wenig entwicklungsfreudig empfinden. Sollte man nicht etwas wagen? Veränderung kann auch Fortschritt sein! Also loslassen, auf zu neuen

Ufern! Blöde Sprüche wie „Wer nicht wagt, der nicht gewinnt!", muss man sich anhören. Mancher dagegen zieht wie ein Vagabund in der Welt herum, lebt mal hier, mal da und macht damit seine Erfahrungen. Aber selbst er hat Bereiche in seinem Leben, die er nicht missen möchte, die er nicht ändern wird. Eine gewisse Flexibilität sollte jeder erwachsene Mensch haben. Mit Veränderungen muss man umgehen lernen, denn jeder weiß, dass nichts bleibt, wie es ist. Alles ist immer im Fluss. Irgendwie. Man sagt, dass man nicht zweimal im gleichen Wasser eines Flusses schwimmen kann. Wir sollten uns also darauf einstellen, dass es immer möglich ist, dass sich etwas im Leben ändert. Wir müssen wissen, dass wir nicht immer Einfluss darauf haben. – Seit Jahren kaufen Sie ihr Brot beim Bäcker nebenan. Man kennt sich, man vertraut einander. Plötzlich, eines Tages, bleibt das Geschäft geschlossen. Sie sind wie erstarrt, verstehen nicht, was das bedeutet. Später erfahren sie den Grund und erkennen, dass Sie damit leben müssen, sich einen neuen Bäcker zu suchen. – Immer essen Sie

Martinsgans im nahen Gasthaus. Dieses Jahr nicht! – Vogelgrippe sorgt für Verknappung. Tja.– Sie essen gern Grünkohl mit Kohlwurst und Kassler. Nun nicht mehr! Der Arzt hat Ihnen die fette Wurst verboten. Sie müssen sich etwas anderes einfallen lassen. – Jedes Frühjahr fliegen Sie nach Thailand. Das nächste Mal nicht. Die Preise sind immens gestiegen, die Energiekosten zu Hause auch.– Aber Weihnachten wird sich nicht ändern. Sie feiern allein oder mit Familie, mit Freunden oder Nachbarn oder auch ganz anders. Eben so, wie Sie es gewohnt sind, so, wie es immer war. – Und das ist gut so.

Bisher erschienen: =➔

Serie: Kolumnentexte

„Auf den Punkt gebracht"-

Gedanken von Karin Brose

- Mama, du nervst (Schule, Erziehung) 2018
- Tassen gehören flach gelegt 2019
- Irgendwas ist immer 2021/22

Lyrik

- Leben in Versen
- Ein Dichter findet Worte

Autobiografie

- Influenzerin
- Ein Kreuz mit Kugelschreiber
- Mit Mutter stirbt die Dauerwelle
- Ich seh' den Himmel

Fantasy

- Cat-Pack
- Shari

Satire

- Golf, Spazierengehen auf Rasen
- Spätsommerweiber

Fachbücher

- Survival für Lehrer
- Survival für Eltern
- Survival für Referendare

- Schulkleidung ist nicht Schuluniform

- So geht das